小兒子
my little
boys

目 次

輯三｜小惡魔菇菇

輯四｜夜晚暴食暴龍

輯五｜歐咖咖的臉書

輯六｜狗大哥

〔代序〕祝福

孩子們從小的玩伴聚在一塊
非常快樂
男孩女孩，大的已是青少年青少女了
他們都還是小屁孩時
我總是扮魔王抓他們
小鬼們尖叫又嗨的滿室亂跑
一晃十年過去啦
我早已從虎背熊腰變
枯藤壓枝老樹啦
孩子們聚在一起玩他們的
沒人理我啦
說來我們這三個老父親
當初都是成功高中同班的
他們都是非常正直、慷慨的人
一個是天同入廟
一個是廉貞清白格
他倆從高中都是金庸迷
一個完全像郭靖
一個則真是義薄雲天蕭峰
（這位在我生命幾個重要時刻都幫過大忙
當初我就是差點和他一起去賣串燒
也一起去擺地攤賣過漏電的針灸貼布）
我有這樣的個性

一群哥們的孩子們聚在一起
我會貶抑自己的孩子
遠遠觀察自己孩子可有不厚道，不磊落言行
我父親從小就是這樣管教我們的
而這兩哥們也是這樣的人
所以感覺這群孩子從小玩在一堆
小貓小狗式軟軟摔跌在一塊
我的神經質細胞從沒啓動過
我也喜歡他們每個各自，別人無法替代的獨特性
在這樣的耍玩中
每個都模糊被祝福
自己在這玻璃彈珠碰撞中
是獨一無二的
他們都還沒啓動自己的故事
還沒有「求不得苦，愛別離苦，怨憎懟苦」
你當然知道他們幾年後，或十年後吧
會有不同的遭遇，或許會被生命捶擊
或許會經歷無人知曉的孤獨
或許會遭逢某次自我意義完全崩解，必須努力拼綴回來
的時刻
但那都是他們可以用各自的一生
去經歷，去追問，去讓翅翼強壯找尋上旋氣流而拉高俯瞰
學習寬恕，學習愛重自己，學習自由的瞳術
這是作爲人
在時光中，終於會衰老
像獅子在暴雨臨襲的空曠草原，甩動鬃毛水珠的
過了一個年紀說，才體會的快樂

下午
和一位在顛倒噩夢，和摯愛之人生死永隔的老友碰面
她是個堅強，體貼他人的好孩子
當她跟我說起
那像萬里大追尋
上天下地，多重宇宙，超弦維度一瞬
那遠行的男孩在旅途的究竟何方
我會再和他相遇嗎？
我說我深信不疑
我說我曾和母親兄姊在父親的靈骨塔格念經
我懶怠睡去
夢中父親從那某一金屬小格
一陣輕煙翻騰而下
笑吟吟說我「跟你祖父一個樣」
夢霎醒
恰念到
「虛空有盡　我願無窮」
那女孩聽到這裡哭了
我說，數千年前的哲人
這一百年的天才物理學家
無不舉證，那億萬剎那瞬滅的，或仍再擴散的，或這個
物理界面無從跨過的
漂流的，星滅的宇宙
即使像虛空那麼曠大
仍是有其盡頭
然我們的一個願
卻可以上窮碧落下黃泉

無遠弗屆

剝開那宇宙之大夢，如魚頭裡的層層薄翼般的骨殼摺室

如電光閃閃，亦如一顆露珠散滅前，準備大冒險旅途前，

映出的朝霞

後來我極喜歡「祝福」這兩個字

像飛向無垠夜空的飛行翼

後來我便坐在那些個兒已抽高但內心還像孩子

的少年少女群聚的哥們家客廳

他們玩著wii

沒人記得或提議我扮魔王了

我祝福這些孩子，平安幸福

〔代序〕我的爸爸‧我的媽媽　　阿白

我的媽媽

每天煮飯、洗衣掃地、照顧我們，
她像一台洗衣機、吸塵器、電鍋，
她像每天不關門的7-11，
她像會變出各種東西的巫婆
我的媽媽
年輕的時候不是這樣的，
她喜歡一個人看電影，
她喜歡去海芋田裡看海芋，
她想到世界各地去旅行。

我的爸爸

可以把我變成老虎、把他自己變成黑熊、把弟弟變成斑
馬、把媽媽變成梅花鹿，
就像一個魔法師，
他可以告訴我從來沒發生過的事，
就像一個吹牛大王。

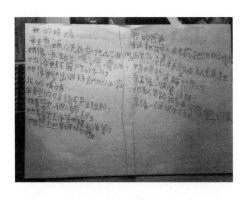

輯一

兒子

快樂

我記得十年前他收涎時
我們從他脖子上一串紅線綁的光餅
撕一小塊
沾他嘴角亂流口水
每人說一句祝福他一生的話
譬如大富大貴、健康聰明啦、讀第一名啦……
然後很噁爛我們得吃下那塊口水餅
好像你要守護你贈與的那句祝福

我記得輪到作為父親的我
一群人我總害羞而疏離那角色
我說
「給這世界帶來快樂」

人魚線

小兒子放學回來問我
「爸鼻，什麼是人魚線？」
（我內心嘀咕：現在的小學生也知道太多有的沒的
吧？）
想了一下
撩起汗衫
比了比大約的部位（老實說我也是這幾天看網路新聞
的，所以也懵懂得很）
「大概就是這裡到這裡，唔，還有這裡到這裡吧？」

不料小兒子非常不討喜的說
「那不是人魚線吧？
那是地球儀的南半球和北半球的洋流吧？」
「那是海龜殼吧？那是倒過來長的駱駝峰吧？」

我突然出現老阿嬤對青春煥然的孫女們
懷念又虛榮吹噓當年勇
「想當年令祖嬤也不是這樣麵粉袋」
對小兒子說
「哼，二十年前你爸也是有人、人魚線滴！」
他看著我的肥肚腩
把狐疑的眼睛變成＝＝
我遂心虛說

「好吧，仔細想想，是四十年前吧……」

小兒子說
「四十多年前
那個線，叫作『臍帶』吧」

另一種極端

今天和兩呆兒走在路上
迎面一個媽媽牽著一個非常小非常小隻的弟迪
那個小，真的像牽著一隻大同寶寶
（沒那麼小吧？）
錯身而過時
大兒子很激動的告訴我和小兒子
「爸鼻，剛剛那個小弟迪說『他們三個好胖喔！』」
然後大兒子假裝不認識我們
自己遠遠跑到前面
（也就是脫團的意思）

沒想到走了一段路之後
小兒子才反應過來
說
「爸鼻，我想回頭去揍那個弟迪」

我非常驚詫，說
「欸，你現在是小五了
那麼大隻，跑去揍那麼小的小孩
這不是霸凌嗎？」
於是我開始進入「駱家祖訓程式」
「以前爺爺家有一隻狗，叫做蘿蔔
牠是一隻非常剛烈的大白狗
有比牠小的狗吠牠

牠理都不理
但牠專挑比牠大隻的狗打架
爺爺非常激賞這隻蘿蔔
說男子漢就要這樣
要打要挑比你強的打
這就是我們駱家不凌弱的俠義家風啊」

我說著說著
自己沉浸在父訓的感人光輝裡
沒想到我的小兒子說
「爸鼻
我想蘿蔔是一種極端
我則是另一種極端
我駱阿甯是『專打老弱病殘』！」

我簡直驚怒到不行
當街勒他的脖子
「你、你、你敢違逆我們駱家的家風！」
這時
我突然覺得很困惑
一般不是說「讓座老弱婦孺」嗎？
這小子為何會說「老弱病殘」
這時
那個剛剛覺得跟我們一起非常丟臉的大哥
突然出現在我一旁
像會讀心術，又會腹語術
說
「那是《大笑江湖》裡一個賣假藥的傢伙說的台詞」

金兔

我忘記是從何時起
我發明了這個「金兔」與「黑兔」的獎懲制度
兩個呆兒一律適用
做了好事，得一隻金兔
幹了壞事，獲一隻黑兔
後來因為做的好事不那麼值得讚賞
或幹的壞事也沒那麼大條
又發明了「金兔尾巴」、「黑兔尾巴」
三個尾巴湊成一隻兔，黑金皆然
後來又有些曖昧邊界，或父子鬥嘴，純粹是父權震撼
頂真實施他們會哭鬧、質疑我人格的局面
便又發明
剉賽兔兔、鼻屎兔兔、屎克蜋兔兔、粉紅閃亮兔、雞歪兔
種種
他們會問「那有什麼損失？」
我說「純粹掛著，是為羞辱」
後來（執政者發現的分而治之）又發明「雷兔」
擁有雷兔者，可以電擊對方之金兔變成黑兔
或電擊自己黑兔變成金兔
一來一往是兩倍換算
然人性黑暗
兄弟倆但有獲雷兔者
無不用於將對方金兔炸黑

小兒子愛買一些雜貨店，師大路巷子裡叫「好地方」
或麗水街「永業文具店」
這些店裡的垃圾玩具
彈力球啊、甩炮啊、海綿骰子啊、爛塑膠組合小車或超人
其實很像我小時候柑仔店五角抽的撿破爛品味
於是一隻金兔折抵三十元
對他是很大的零用錢來源
大兒子像老僧無物欲，不為五光十色所惑
所以後來累積許多金兔
也沒有用的動力
很快就對這獎懲遊戲失去興趣

但我說過
牡羊座永遠鬥不過處女座
不知從何時起
隔一段時間
我身旁就有一囉嗦的小孩來跟我討薪資
「爸鼻，我又有五隻金兔了」
「怎麼又那麼多？」
他會一一算給我聽，哪晚他拖狗尿哪天我誤會他亂發脾氣
哪次我犯什麼錯用金兔賄賂他別跟媽咪講
我覺得我身邊怎麼有個很來勁做小生意的猶太商人
好像一直在撥算盤
然後他桌上那些垃圾玩具愈堆愈多
但他這麼作小本生意
他馬的仔細想來
從頭到尾的客戶不是只有我一個人嗎？

這不是一個獎懲制度嗎？
怎麼被這個小孩當一門生意來作了呢？
將來他會不會去變成什麼「專利蟑螂」「法拍屋蟑螂」
或「仲介國際新娘」
這種無本、詐騙的滑頭？
我非常擔憂
昨晚睡前對他曉以大義
跟他又回溯了他祖父、祖父的爸爸
當年是怎樣仁義慷慨的漢子
我們駱家好男兒不可變汲汲營營那些小鼻子小眼睛利益
之人

我一說起這些孩子們就很睏
我也深感自討沒趣
拍著他的背哄睡
「阿甯咕，你有沒有覺得我好久沒揍你了」
「嗯」
「仔細想想這個黑兔金兔制度不錯吧
以前是威權統治，犯錯要修理
現在是資本主義，犯錯掛帳罰款就好」
一種父親的慈愛湧現
不想這小子，迷迷糊糊的說
「對啊，我小時候你還在巷子裡揍我
有一次還要把我丟進水泥攪拌車裡」
「他馬的你怎麼記得這麼久以前的事？我不是很久沒揍
你了？」
「你還說要把我養的黑魔鬼倒到瑠公圳」

「啊！那一定是你當時作了啥太皮的事，我太生氣了」
「有一次你還⋯⋯」
「好好好，求你忘了這些黑暗往事，不然我給你三隻金兔，求你忘了它們吧」

「五隻」這小子突然清醒的說「成交！」

吵架

今天又和小兒子在公共場所吵架了
因爲孩子們開學了
這廢材報名了「樂樂棒球社」
然時代的進步
他們採用網路填志願，社團收費單下載列印
便利超商繳費，這麼先進的流程
小兒子非常擔心報不上
（奇怪又不是「我是歌手」？）
一直吵我
問題吾家電腦印表機又壞了
便只好帶他到古亭捷運站旁的「e漫畫」去上網且列印
在路上我又「衝滴」小孩
總之不外乎問他
「這世界上你認識的無聊男子排前三名是誰？」
「爸鼻，葛格老師，還有泰順街賣綠豆湯粉圓冰攤販那
個阿杯」
或我又發現他在扭動左邊鼻孔
（他從前不知怎麼染上或學會這奇怪之惡習／技藝
就是不自覺的，每三十秒吧
會扭動他的左鼻孔
我和妻一直制止他
因爲當你跟他說話時
時不時感覺眼前畫面有一格

一直小小的晃動
很受到干擾
後來他突然改掉了，好一陣不扭動鼻孔了）

「咦？又扭動鼻孔？黑兔！」我逮到他的錯處，非常興奮
他先是呼嚨我
什麼「天氣變冷，鼻子又癢央過敏」（我說「放屁，今
天哪有冷？」）
什麼「小學生開學焦慮，鼻子就失控了」（我說「全國
對開學最不焦慮的小學生就是你吧？」）
總之，又連抓他五六次扭動鼻孔
可能我也玩的太嗨了
「黑兔！黑兔！黑兔！黑兔！黑兔！」
「哈哈，你這扭動鼻孔眞是老爸的提款機啊，眞爽」
因爲一隻黑兔可殺掉一隻金兔
他又利用我的早發癡呆症，不知怎麼累積了
等他上大學我都還不完的滿手金兔
沒想到這處女座小孩眞滴生氣了
「爸鼻，你很沒品耶，你怎麼可以把我辛苦拖狗屎撿狗
屎累積的金兔
這麼隨便就滅掉
你根本就是虐待童工、奴隸！」
我原本好整以暇
但他在街頭的抗議
像共產黨宣言一樣
字字敲擊著我靈魂的鐘聲
噹～噹～噹～噹～
（經過一個暑假，他的戰鬥力好像又增強了）

我竟虛弱的說出
「爸爸這樣磨練你，是讓你知道這世界的黑暗真相啊」
這樣弱的話
「哼！反正你就是邪惡，奴役小孩子的騙子！我再也不
幫你做家事了！
我也不幫你到冰箱拿黑覺醒了！」
他說的我心都碎了
「我只是扣你幾個金兔，是誰放下繁重的工作陪他兒子
因為一個小屁孩社團
千里迢迢到不良場所來列印啥麼繳費單？」
「哪有千里迢迢？而且你哪有工作繁重，你都在掛網！」
總之
父子動了真氣
一路吵嘴上了「e漫畫」的二樓
在櫃台前，我又犯了「忘記切換場景，旁若無人」的老
毛病
繼續想雄辯奪回父之尊嚴
我繼續跟他說著
「難道我要放任你這樣抖動鼻孔
你想想
如果我小時候
在爺爺面前抖動雞雞（我真後悔我把鼻子改成雞雞）
爺爺訓斥我
我敢這樣跟他頂嘴嗎？」
然後我看到櫃台前
一個畫科幻裝的美少女
非常畏懼看著我們父子

重要的事

小兒子期中考有一科考壞了
回來路上垂頭喪氣的
其實我喜歡姜文這部電影的名字
《陽光燦爛的日子》
或從前年輕時讀一位仙枝的書名
《好天氣誰給提名》
我喜歡小兒子每次學校有大考那天早晨
出門時一付「哎呀，不過就是個考試嘛，萬一全滿分還
真害羞」
那種胡鬧的快樂
燦爛自得的走向學校
當然他已經五年級了
好像沒有一次不是有一兩科
考得爆爛
他拿考卷給我看
媽的那種題目老子也不會啊
但我好像還是總進入京劇套式角色
必須扮演成恨鐵不成鋼的嚴父
「啊！什麼！考這是什麼爛分數？@#$#@%^&＊！」

但其實為父的
從國一不知哪次考試，穿越了整個國中、高中
一直是班上最後一名啊（可能大學也是，但大學身邊廢

材哥兒們
讓我深信自己是在一群陣裡
不是那麼醒目的最後一個）
但當他被這麼小的年紀，這麼無聊不重要的事
迷迷糊糊真的弄得一付憂鬱、委頓的模樣
（也許他是呼嚨我的？我一直擔心的不是他對生命「軌
道上」的漫不在乎吊兒郎當嗎？）
我卻又不安起來
想告訴他
我喜歡，非常滿意，甚至感謝上蒼
現在的這個你
這是什麼屁挫折啊
有一天生命會重重揮拳擊在你的心臟
譬如最好的朋友背叛你
譬如無意義的誹謗
譬如失去心愛的人
有一天你會失去這兩隻心愛的狗（喔對了阿波）
或你萬一掉入一種白癡的處境和整個體制的道德對立
或你有一天得站在我的葬禮上如我那時站在我父親的葬
禮上

很怪
最後你一定會原諒

會再次去同情你不理解的你眼中不幸之人
你也許要到非常晚非常晚
才會領會到你是一個何其珍貴的人
因為你有一顆輝煌的心
你不忍看見他人的難堪
你不在乎自己是丑角但絕不掉入脅迫感情的催眠

想想
弄不清楚什麼是對偶或其他的修辭
或台灣常見的火山活動下面哪一項是錯的
這並不是很重要的事吧

長壽

小兒子睡前和我哈啦
講起狗的壽命
狗一歲等於人類七歲
他回憶了這些狗兒的「睡處史」
「牠們小時候和媽媽流浪在野外，有一頓沒一頓
後來被捕狗隊抓進收容所
雖然可以吃到東西
但隨時會被殺死，而且很冷，又有傳染病
（他說的真準確）
後來被我們救出來
先住在獸醫院的籠子裡
到我們家又睡爸鼻書房的一個狗帳篷裡
（我說「每天亂拉屎尿」）
後來他們攻打咬破那帳篷
先睡客廳我們房門外
不知哪一次我和葛格讓牠倆進房間
一開始睡床下地板
後來端端神不知鬼不覺上床
隱形成一顆黃蕃薯縮在床腳
雷雷一開始不敢上來
後來我抱牠上來
這就展開了牠們的「床上時光」
（現在雷雷睡他枕頭側，端端還是睡床腳要守護我們）

我說

「你說得太好了」

小兒子像老頭嘰的嘆口氣

說「現在應該是牠們最幸福的時光吧

將來牠們老了以後，就是端端十歲也就是狗的七十歲時

應該很懷念這段時光吧？」

他問我「端端和雷雷應該都可以活到十幾歲吧？」

我說「不一定，我養過一隻叫花花的狗，五歲多就死了」

但樂觀的小兒子很快下結論

「雷寶呆應該可以活很長壽

因為牠都沒在使用腦袋，而且很愛運動

端端也會長壽

但可能比雷寶呆少一兩歲

因為她太死心眼、心機太深啦」

這時小兒子很讓我意外說了一段

「你沒聽過『勞民永壽，智佳短年』嗎？」

我說「你從哪看來的？」

他說「《鏡花緣》，那裡有個勞民國的人，雖然一天到晚瞎忙，可是這種忙只會勞動筋骨，並不操煩；所以都很長壽」

我說「所以你也會很長壽嘍」

他已呼嚕睡著嘍

前世

傍晚頂樓澆花
不知誰起的頭
和小兒子
玩起「前世今生相反」的遊戲
（其實好像比較像「報應」概念）
因為他問我「為何會吃素？」
我亂唬爛說
我十七歲時
奶奶帶我去看一個會觀前世的算命的
他說我上輩子是邊關大將軍
殺人如麻，殺業太重
這輩子獸元，喔不，壽元較短
所以我的「元神」（可能就是像《JOJO冒險野郎》那種
玩意吧？）
讓我不知為何就吃素　如此可以延長爸鼻和你們在人世相
依偎的時光啊
為了你們
爸鼻看到滷豬腳、烤鰻魚飯、貢丸、肉粽，都狂流口水
好想吃喔
但一個男子漢的多桑
會為他心愛的兒子們忍受這麼大滴痛苦……

「屁啦」這個不孝子說「你才不可能是爲了我們，你夜裡不是偷吃肉鬆？」
但你看得出他心不在焉，若有所思
一個「前世」和「今生」的顛倒模型在他腦海成形
「所以，爸鼻，我上輩子是個很乖而沉默的小孩？」
「哥哥上輩子是個很外向，很不宅，對弟弟慈愛的人？」
「媽咪上輩子是個很髒，很不清潔的人？」
「奶奶上輩子是個很不慈祥的人？」
「阿嬤上輩子是個很不勤快，很不愛買水果給小孩吃的胖子？」

這很有意思
我裝作不鳥他的聽他說
可以一窺他心目中對周邊關係親近人們的評價

「那雷寶呆上輩子……」終於說到他心愛的雷寶呆了
「牠、牠、牠……」我發現他內心這顛倒運算發生混亂
他真實的對那隻正傻呵呵來咬我澆花水柱的傻黑狗的認知
又倔強要表明他對我們洗腦「雷寶呆是狗界愛迪生」的竄改真相
「雷寶呆上輩子是隻很低智商的狗！」
「哈哈，放屁！他上輩子一定是位狀元、進士」我樂了
「哼，端端上輩子一定是個心胸寬大，不愛吃大便的人」
「中國火龍蜥上輩子一定是個短壽者」
（牠就是他亂養在一個水槽
從不餵食，卻活了三年多至今的「神蜥」）

「黑魔鬼（那兩條可憐因為是電鰻科放進大水族箱裡會
電死其他小魚
只能每天迴游在小玻璃缸裡吃紅蟲的美麗黑魚）
嗯……牠們上輩子」
這時他說出一段如詩的話
「牠們上輩子應該是馳騁在遼闊無邊沙漠的游牧民族」

我問他「那你覺得爸鼻呢？」
「你？你上輩子是超瘦超乾癟的一根脫水蘿蔔乾」
是嗎？我腦海裡拚命想
我的形象
一根脫水蘿蔔乾的相反是啥麼？

紙條

今天下午
人在外頭
打電話回家
只有小兒子在家
突然話筒那頭傳來甜軟乖巧的聲音
我覺得怪怪的⋯⋯
問
「有沒有胡鬧？」
「沒有～」
「有沒有在寫功課？」
「有啊」
還是覺得哪裡不對勁
必然有詐
這小痞子突然柔情滿滿說
「爸鼻，你到香港去了嗎？」
「啊？」我人正在巷子口的復健科診所
「為什麼？」
「你不是在桌上留一張紙說你去香港了？」

我過了好一會才意會過來
「混帳！那是幾百年前留的紙條了！你給我現在才看到？」
有一張紙條
去年初我因事要去香港待三個月

出門前難免充滿掛惦之情
那時往機場計程車在樓下等
孩子們都在學校
我拉著大行李箱
忍不住還是留了張紙條
其實我家延續我父親之於我們
平日不太表達父的情感（就是扮演黑臉之角色）
結果
這個畜生
客廳工作桌總堆滿他的作業簿、昆蟲箱、蠟筆、廢紙、
玩具、垃圾
我兩年前出門那刻的鐵漢柔情
原來一直被蓋著，埋沒
直到今天才意外被這笨蛋看到！

阿白在星巴克

我記得他才四歲時
我們帶他找幼稚園
一進任何一家……
他便像無尾熊跳上我身上吊在我脖子上
我知道那是一種體質（而未必是個性）的害羞
因我至今經歷各式大小場子
每次演講前仍覺得全身細胞都沸跳那樣緊張害羞

這一晃就快十年啦
有時我擔心他冷漠
其實他非常害羞
有一次我們在幼稚園外偷看
好像老師下了一個口令
所有小朋友衝進屋內
然後各自騎著小三輪車、小汽車，甚至ㄅㄨㄞ ㄅㄨㄞ馬
衝出那院子
他大概羞於和他人搶
又羞於與人不同
過了一會
我們看到他拿一只像拖把
一長柄地上一鴨子喀啦喀啦快散架的學步器吧
也裝著和大家一樣開心笑著衝出來

有一段時光

我父親剛中風倒下

我們又意外生下第二個

整個的兵荒馬亂，對未來惘惘

他大約兩歲多

那時住深坑

我幾乎每週有三、四天

帶他在動物園裡晃

他幾乎不說話，想起來從小就是個沉靜的孩子

但就像要巡視他的朋友們

阿白
在星巴克

每次一定要按路線把那些獸欄裡或夜行性動物館或恐龍館
每一從不改變位置的各種異國的動物們巡一遍

這十年我身上發生了好多事啊
我有時獨自在陌生的城市，陌生的旅館
我不是很知道他是怎麼在自己那內向的小世界
建構他對這個世界的理解
像小植物慢慢抽長
我總訓斥他們「不要無意義的傷害他人」「你爺爺是個
最慷慨的人」
有幾次我讓他們不能理解的為小事而震怒
「要同情理解他人之苦痛」
除此之外
我自己對這個世界也常迷惑不知所措

有一天在北京
收到妻寄來的這張照片
「阿白在星巴克」
我嚇了一跳
啊已經是個大男孩了嘛
最近養小鸚鵡
有時真會「小鳥依人」貼在我肚子上方讓我撫摸咕嚕咕
嚕撒嬌
才想起孩子們已多年不再有這種對我的身體依偎（即使
是扭打在一塊）了
真期待過幾年他帶漂亮小馬子來家裡啊
呵呵「伯父」呵呵：）真是耳順啊

好啦，小男生吾也會很愛護啦
就希望他的世界是熱鬧的，暖洋洋的
我希望他能遇見各式各樣有意思的人，熱愛生命的人
如我一路遇到的靈魂各有凹凸層次的哥們或女孩們
各種廢材，或嚴肅的啓蒙者人格者
我希望他能享受，長時間的體會「愛」這件事

大兒子阿白人生的第一杯咖啡

譬如第一次將腳趾踩進大海裙裾的潮浪碎花

第一次迷路，發現只有自己一個人的恐懼

第一次發現父母的衰弱

第一次體會到「失去」就是不會再回來了（阿波）

還會嘗到無數杯咖啡

不同味蕾的繁花簇放，不同街角的光影，流動的人群

有一天或會喝到第一杯酒

啤酒、有著異國城市名稱的調酒

有一天或懂得伏特加、龍舌蘭、威士忌

像男子漢那樣喝不兌水的高粱

第一次飆車

第一次臉紅跟女孩（或男孩？）搭訕（不過我想內向的
他應是被搭訕）

第一次看見沙漠

第一次搭滑翔翼在天空飛行

第一次在戲院看了某部電影　，黑暗中淚如泉湧

第一次在阿根廷或西伯利亞的長途火車靠窗睡著

身旁那些不同膚色的老人們嘰嘰聒聒

他夢見遙遠的童年

最開始的時候

我會這樣哄他

我抱著那麼小，那麼小的他

在空曠的動物園
有一隻長睫毛的單峰駱駝
隔著圍柵
和我們靠得非常近
「你可以摸牠鼻子，牠不會咬你」
我懷裡，他的小心臟非常劇烈跳動

當然很多很多
他將獨自體會的「第一次」時光
我或已不在這塵世

譬如安哲羅普洛斯《霧中風景》
那個美形男蹲下對在公路流浪、被強暴、被羞辱、被這
個人世傷害到
抽泣不能自己的小姊姊
說
「最開始的時候
妳會覺得心好痛、好痛
像心臟要爆裂開一樣
但是慢慢、慢慢地
妳就會習慣它」

知黑守白

整理深坑舊房子時
妻找到一張藏在書櫃抽屜的CD
上頭題贈語的
竟是已故的高信疆先生
寫著
「方白老弟
知黑守白」
當然是一老爺爺祝福，或遙遙放在
他長大後無緣見到贈詞人的勸囑
時間有點模糊
「九十九年元月」

但大兒子是一九九九年七月出生
所以當時老先生是頑童般贈給
還在母親肚子裡的胚胎
想那時我和妻應是跟在老師長輩旁
只敢靦腆在這他們口中尊敬
疼愛他們極年輕時愛才，提攜他們的
老紳士一邊
傻笑
很多畫面模糊了
這些年腦子被憂鬱症、安眠藥、加去年一個小中風
像小隕石群攻擊的月球表面

凹坑處處
很多事都記不得了
但看到這字跡、留語
想到多年前那童話般的畫面
內心還是翻湧如潮
當然我這輩無緣知道這名字當年
後面的輝煌、溫暖、瀟灑或文士風流
傳奇已逝
連懷想都沒資格說
但這樣自己身上發生的「十五年後」
時間的風,剝蝕、傷害、諒解
看到這樣一句「知黑守白」
眼眶竟熱熱的

下午
和小兒子在頂樓澆花,遛三隻撒歡亂跑之呆狗
或因秋陽明明燦亮如薄金
身子卻覺得冷
想著這「知黑守白」
覺得自己好像也到了能領會這話之哀矜,蒼涼
但莫要虛無莫自暴自棄的年紀
跟小兒子說了這老爺爺贈語的典故和意思
「當初你哥叫方白

後來快要生你時
想要取個啥名字呢
真的差點叫「駱方黑」喔
那不是叫『知白守黑』嗎？哈哈」

「哼
那你不就是
『知老百姓守軍』？」
於是
我們老小廢材
又把很高貴悠遠的套句
玩起無聊打屁遊戲
「那雷寶呆呢？」
「知呆守聰」
「哈哈，是知聰守呆吧？」
「端端呢？」
小兒子說
「知溫柔守恰查某」
「牡丹丹呢？」
「知不該亂尿尿，守尿在我們床上」
「哈哈
後來給你取了『方甯』這個名字
真是『知寧靜守吵鬧啊』」
「哼
爸鼻你是
『知瘦守肥』！」
啊！啊！和他從小鬥嘴

一直羽扇綸巾，談笑調戲之
啊啊！第一次感到被一槍擊中心臟
的痛哇

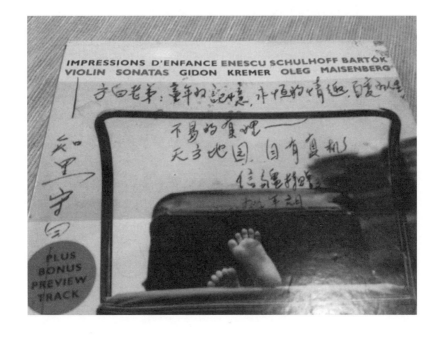

精神總錦標

阿甯咕學校桌面的膠墊
我問他「那是你畫的嗎？」
他說「描的啦」（等於上課都在那胡鬧亂描）
問他運動會怎麼樣
他說去年運動會校長講話
他在第一排，突然中暑昏倒
或許老師們為他昏倒而感動（這是啥推測？）
他們班得到最大獎盃「精神總錦標獎」
今年他沒昏倒
不知為何他們班又得了「精神總錦標獎」？
「但我苦練半天本來不會的單腳跳，這次跳超好
但本來我超強的雙腳跳，那天跳第一下就絆到摔倒
拿起來再跳第二下，又絆到摔倒
再拿起來要跳第三次時，已經換下個動作甩繩跳啦」
回答我時，他躺床上，戴著耳機，一臉是笑
摘下耳機時我責問他「為什麼戴著眼鏡睡，床頭燈也不
關？」
他說「我在聽相聲啦」
唉，真是個每天快樂生活的傢伙
興興轟轟，意氣遄飛，超來勁的過日子
沒事把練習生字簿的字寫得非常小，整頁像電腦調字體
大小
最後一行卻全部放大回原來他的字的大塊頭

「哈哈，好像前面那些字的阿祖喔，這應該會讓我們老
師狂吼吧？」
他的愛犬雷寶呆也一臉傻相趴睡在他身旁
但人也很怪，我看他無時無刻都有辦法找樂子
明明心底非常開心，感激老天爺
但物種的基因設計又讓我惘惘擔憂
這麼廢材、快樂，到底將來能不能在洶湧人世生存啊……

唬爛

1

今天帶兩呆兒回永和看我娘
其實昨天傍晚同樣時間已帶他們走進
同樣場景的巷子裡
「啊，我弄錯了
我們應該是明天才回奶奶家的
走吧，回家回家」
「嘔！怎麼可能！」
巨蟹座和處女座難得團結露出同樣崩潰的表情
「你騙人的吧？」
「真的，真的，我弄錯了
我跟奶奶說是明天才回去」
「但我們既然已到奶奶家門口了
為什麼不乾脆就進去？」
「不行
奶奶腿現在不方便了
她又要弄那些菜給我們
我跟她說是明天，結果現在出現
她一定很焦慮
回家、回家！」
於是帶他倆坐上計程車回我家
他們一直碎碎念
「嘔！我真不敢相信！爸鼻你真的有老年癡呆症耶！」

當然
像周星馳的《西遊記》那個月光寶盒
今天傍晚又帶兩呆兒走到永和那巷子口
「嘔！」我又哀嚎「我又記錯了！
應該是明天才要回奶奶家啊！」
「無聊男子」
「想騙誰啊？」
他倆理都不理我
逕直往他們奶奶家的弄子走
我頗無趣
但很迷惑
這兩個孩子
是如何分辨我所說的
何為真的？何為唬爛？

　　　2
離開母親家
搭計程車
是一位女司機
按例兩呆兒坐後座
我坐前面駕駛座旁的位置
我也怕女司機發現我是無聊男子
故報完地點後

乖乖不敢吱聲

「你兩個都兒子？」女司機說

「欸欸～」

心想下一句定是「你好命喔」

而吾之下一句定是「哪有，很累耶」

唉男人就是這樣慢慢光影侵奪便也豐乳肥臀的大嬸的

不想她說

「喔那你上輩子應是老實人」

啊？不懂

敢問何故？

「人家說，女兒是爸爸上輩子的情人

像你兩個都男生

就是上輩子很老實，沒情人嘛」

「喔，啊哈哈哈哈！」

＝＝"

敢情遇到了棋逢敵手的喇勒女打屁神

「真的耶

女兒真他媽是爸爸上輩子的情人啊」

我們開始打屁較勁起來

「像我一個朋友喔，他女兒喔……」

「唉呀這你就不知道了……」

總之屁來屁去

內勁逼得我額冒冷汗啊

鮮少遇到這麼強大的打屁高人

「那你說，女兒是爸爸上輩子的情人

那兒子呢？」

我囁嚅的說「媽媽上輩子的情人？」

「錯！」她來勁的說「媽媽上輩子的仇人，
來討債滴！」
你看得出來她真的很關心前世今生這種話題
「你說我講的對不對？」
「對！對！」我搖尾巴，我認輸
還好車子也到我家
下車兩百不用找
關上車門像離開Pub那樣熱情揮手道別
害羞的大兒子說
「爸鼻，這阿姨好吵
好像你變裝成女人的化身喔」
小兒子還在沉思
「爸鼻
那兒子是爸爸上輩子的什麼人啊？」
我回答
「兒子是爸爸上輩子的爸爸吧？」

內向

內向的大兒子弄丟了一份英文講義
大約是被老師訓斥了幾句
這可能是他的老弟每天的生活常態
他卻鬱鬱寡歡，耿耿於懷
晚餐時眉頭深鎖
「問題是我真的寫了
但家裡就是找不到」
後來我們還陪他去上學路線沿途找一遍
當然不可能還在
我當然勸慰了他
「你的人生將來還會遇到更多
比這嚴重許多的『弄丟』
沒有一件事是不能修補、解決的
只要你不是去存心害人，傷害他人
譬如我從前剛開一台爛車
去撞到一輛賓士
連賠連修要八萬塊
那時哪可能這麼多錢
打電話跟奶奶說
那時爺爺奶奶家也是很緊的
奶奶只說
人平安就好」
前幾天訓斥兒子們「媽寶」

小兒子回嘴「爸鼻你還不是媽寶

奶奶坐輪椅還煮飯給你吃」

當時想K他

後來想想他說的沒錯

我高中鬼混時

每被記一支大過

母親後來說她那段時光

傍晚有電話響

心臟就停止跳動

「不知道這小兒子又闖什麼禍了？」

去學校受那些教官奚落、指責

她自己一輩子窮苦苦讀模範生

哪見過這種陣仗

為母則剛

跟教官辯駁她知道她兒子本性善良

不會幹這樣的事

結果證據確鑿

「妳太寵妳兒子了」

我父親是傳統士大夫

知道我什麼打架、帶刀在書包

一定將我打半死趕出家門

母親還要率我哥我姊

幫我截郵差的掛號信

記過通知、曠課單、最後一名的成績單
我現在站在父親的腳色
真不知怎麼告訴他
「掉了一本講義是什麼了不起的大錯
人生會有更多當時讓你猝不及防的嚴厲懲罰
但你靜下看清楚生命河流
那伸手指斥責你的人
自己背後常有多深的暗影
掉了
找不回來
認了就是
再跟老師或同學借來影印
補寫就是
那些一路書念好的
在更長的人生之途
有學習更慈悲、全景的看他人嗎
或者是
生命有時就是要花比你現在十五歲
還要長兩倍、三倍的時光
才讓你完整，長出豐滿成熟的你
有些小事，真的流過就算了」

妻也在一旁說
當年國三她跟阿公從澎湖搬來台北
非常不適應原本澎湖同學間的友善
變成台北的冷漠
功課從澎湖時前幾名

變成台北班上吊車尾
恰好遇到一個很變態的女老師
她到現在還恨她
她完全不能適應
憑什麼一個大人
可以當全班面，羞辱、痛罵一個
那時還羽翼不全、搞不清楚狀況的孩子
後來她做了傷害自己的事
還好沒事
第二天阿公去學校跟那女老師談
等阿公走了
那老師竟又當全班面冷嘲熱諷「有的人就是愛跟爸媽告
狀啊」
「必須要等你長完整了
將你這個人的價值全部打開了
你才會發覺
那當時讓你羞憤欲絕的指責
根本是那人心裡有病
但你必須要學會快樂
知道自己每一天都有認真、好好的活」

這是我第一次目睹
害羞內向組的
媽媽和大兒子交心
說出這一段長長的心底話
像看著星空閃閃一樣的美麗感人
（比起來我平時真是太愛訓話了=3=）

小兒子這時果然破壞氣氛的插話了
「對啊！哥格，你就是太宅了看不開
學學你弟弟啊
我去當愛心小天使
那個同學把那個發條假牙放我便當袋
結果發出喀啦喀啦電鋸聲
下面三十個一年級小屁孩全對我怒目相視
我一點都不怕，不緊張啊
要放輕鬆啊～」
我忍不住訓斥他
「你、你，這是厚臉皮！」
不想我已和他被打為同一組
妻斥喝我
「你！爸鼻，你跟他還不是一樣！哼
你們兩個根本是一路貨」
為什麼？為什麼？
我心中正在疑問
不想小兒子喊出了我的心聲
「為什麼我這次什麼都沒做
還是被斥責了？」

鴨嘴獸

在頂樓澆花遛狗
我這老爸爸唉聲嘆氣的扶起那些
被颱風吹得東倒西歪的
櫻桃、九重葛、玉蘭、變葉木
有位不孝子穿著小學生運動服
坐在矮牆沿
一邊玩一只發條顫抖咖啦咖啦響
的像骷髏掉下的玩具假牙
（我也懶得問，是用啥去和小朋友換的）
一邊問我
「爸鼻
你這輩子聽過最好笑的笑話是哪個？」
我腦海裡轉了轉
這一年明顯感到自己的腦漿
一定某次擤鼻涕不小心擤掉不少
想了半天腦中一片空白
倒是想到幾個黃色笑話
不自覺就笑了起來
「什麼？」小兒子問
「唉唉，爸鼻想到的都不宜跟小孩子說」
「好吧」（其實他好像也不感興趣）
「我覺得最好笑的
是有一個人，養了一隻狗

有一天他桌上放一隻烤鴨
那狗就站起來趴在桌沿流口水
那主人說
『你敢對這隻鴨子怎麼樣
我等會就對你怎麼樣』
那小狗一聽非常開心
就伸長脖子去舔那隻烤鴨的屁股」
我說「這還好嘛」但也忍不住笑了
「還有一個

爸鼻

有一隻狗狗在擦窗戶

有一個路人經過

很驚訝說『天啊你會擦窗戶？』

狗狗無精打采說『對啊』

路人說『你還會說話？』

狗狗很緊張說

『噓～

別讓我主人知道

不然他又要我幫他接電話』」

我說

「這老梗了，你早就說過了」

「但這是我覺得最好笑的」

我心裡想

這樣的秋天，這樣的光線

連笑話都像糖果的透明玻璃紙

好像會延擱下第一瞬的感受

這個折光造成的延擱

奇怪原本是開心的
也莫名說不出的有種寂寞惆悵在裡頭
後來小兒子又呱呱呱呱跟我報告學校的事
他拿了班上的掃把畚箕當「樂樂棒球」的打擊練習座來打
沒想到把畚箕「斬首」了
（他說「我趕快用膠帶把它黏好，裝作完好如初放回去」）
或他們自然課老師要小朋友抽籤
寫一篇你抽到的動物
有一些倒楣鬼抽到豬啊、羊啊、牛啊，超無聊的
「你抽到啥？」
「蛇，算還可以
有一個小朋友超幸運
抽到鴨嘴獸」
「真的假的？
你知道我十幾年來在外面
若遇到有人找我簽名在書上
我都會畫一隻鴨嘴獸喔」
「為什麼？」
「因為你們小時候
呆呆的
還不識字
我都騙你們說山對面的鴨嘴獸
會溜進我們深坑那小房子
留下信給你們
牠不識字，所以都用畫圖的
署名就畫一個鴨嘴獸的頭
你們以為鴨嘴獸是你們的好朋友

還會畫畫回信給牠，睡前留在餐桌上
其實那就是我啦笨蛋」
小兒子聽了很激動
「真的假的？
其實今天是我抽到鴨嘴獸
是那個小朋友用這假牙跟我換他的蛇
我一時貪心答應了
我明天要去跟他換回我的鴨嘴獸！」

在我不在場的時候

那些我不在場的時光
孩子們無憂，燦爛，傻氣
其實我很像變成一隻被軟木塞關進
玻璃牛奶空瓶裡的八爪蜘蛛
我的長手在光滑的弧形上將那觸感傳回腦中
沒有感性，記憶變得遙遠……

很多時候我坐在台上
看見下面的人群像蒸籠搖晃的白煙
或者是
真的像在潛水鐘裡
看著外頭的深海
似乎可以聽見玻璃罩裡我內心獨白的回音
沒有快樂或不快樂
就是像太空艙裡無重力漂浮的各零件
不太能將之組合成一個集中注意力的戰鬥機器人狀態
但為何要有一個集中注意力的自己呢
這半年多一直在異鄉，在陌生旅途中
單騎忐忑前行
這是一場將自己的身軀結構拆卸
當燃料燒的無限遠距飛行
我們曾像中古戰士憧憬著遠方的戰役
現在我的盔甲勸蜷曲、血汗的襯衣和爛瘡的皮膚黏著

髖骨和左手臂骨早換成金屬支架

有一天
我在某個過境機場吸菸室
遇見我年輕時喜歡的女人
她擠在那些穿著西裝卻沒有臉的疲憊旅人之中
獨自叼菸噴吐的模樣還是那麼優雅

「對不起我變這麼醜這麼難看啦」

但她笑著說「你還是那樣，喜歡貶損自己怕別人難堪
現在的你不該這樣說話啦
你不再是那個怕羞的青少年了
有時該清出空間
讓別人有肩膀靠一靠
不要急著鼓舞安慰

不要急著對女孩們的啜泣作出守護的誓諾
不要想吃下全部的髒汙和屈辱
不要總還想做坐公車最後一排靠窗座位的那個人」

後來我在電腦信箱收到孩子們燦爛傻笑的照片
我以爲時光中我有太多過剩註定浪費的記憶、感情、體
會、經歷
但其實我在陌生遙遠之城的旅館
呵呵笑著
像他們的同伴

輯二

**我的家庭
真可愛**

我的家庭真可愛

妻的學生從南部寄一箱柚子來
小兒子非常興奮的拿出幾粒
用色筆畫著
將之排一列
我經過時，慈祥（而敷衍）問道
「畫了什麼啊？」
他裝成小貝比的聲音
「我們甜蜜的一家人」
我一看
「他馬的是豬太郎和他家人吧？」

正臉孔開始扭曲
要進入咆哮程式
「敢把我畫成這樣！」
奇怪的是這屋梁搖晃、暴怒的聲音
並不是從我口中發出
（我嘴巴還沒張開啊？）
難道我已練成密音傳耳的上乘內功？
一回頭
發現他溫柔的母親
內向的哥哥
站我身後
臉孔跟我一樣扭曲的盯著那一家柚子的豬臉
這是我第一次在我家
站在同仇敵愾的這一方
啊
好欣慰、欣慰喔

無聊男子

今年過年來
總覺得衰衰的
仔細說來也說不上具體衰在哪
跟朋友聊起
開玩笑說
「會不會去年那個啥馬雅人預言的世界末日
其實已發生了
但並不是戲劇性的天崩地裂，海嘯或冰河
就像日蝕一樣
說不出的氣悶，覺得世界的光度暗了一點點
一種停滯、黏在時間的捕蠅板上」
「也許，整個二○一三年就是那持續中的，那一天還沒
走完的所謂末日」

我從來沒有過像今年這樣
盼著這一年快過去
等聽到二○一三年的聖誕節歌兒
我一定大聲歡呼
到底是怎麼回事我這麼煩或懼二○一三年呢
每回回永和母親家
經過中興街
已看到好幾家店面倒閉了
我家從過年來

馬桶的攪糞馬達也壞啦、廁所燈也壞啦、書房的小抽風
機也壞啦
客廳對外窗一排的紗窗也壞啦
客廳的燈泡六個也壞了三個
瓦斯爐的爐嘴一邊也壞啦
但若說這樣就是世界末日
好像也太OK了點
但我就是覺得這一年說不出的悶鬱
好像整個二○一三年被摺縮在一枚印刷糊掉的郵票裡
其實人生裡發生真的驚嚇、恐懼之災難年分
就我個人，那真是不勝枚舉
「哇！二○一三年已經到六月了
加油！再撐七個月，終於就二○一四年啦」

今天傍晚回家
突然靈光一閃
「咦？」
腦前額有個微細的水平儀直覺測到了啥？
「世界末日過去了……」
「爸鼻，什麼？」孩子們說
妻說「別理爸鼻又在胡說八道」
「真的，今天幾月幾號？」
「五月二十一日啊，到底怎麼了？」

「你們沒有感覺到嗎？這世界的光度變得亮一點了

空氣也好像比較流動了

就像宇宙的一只鐘面刻度，卡住、停止了好久，又開始走動了」

「世界末日結束了！」我要孩子們跟我一起對窗外歡呼

妻說

「這位無聊男子

光度比較亮是因爲客廳和浴室的燈我都換過了

空氣比較清新，是因爲你書房的抽風扇和廁所馬桶馬達

都換過了

水電行的師傅剛走

端恰和雷呆關臥房裡

還一直吠人家」

「啊？眞的嗎？」

又被補一槍

「眞不知年輕時怎麼會被你騙的？」

混帳小兒子再補一刀

「對啊，我們小時候你還騙我們說

每天夜裡我們入睡後

你就會變成一隻大黑熊

去幫鐵路局推火車

害我們還相信！哼！騙子！」

（我編過這麼可恥的爛情節，呼嚨孩子的睡前故事嗎？）

小狗

有一天
小兒子對我們說
他們班有個小朋友
每天上學遲到
但每天都有奇怪的藉口
「今天他說
其實他本來這次不會遲到的
因為他在公車站等公車時才七點
但他們家養了一隻小狗叫『乃哥』（這真是還蠻怪的寵
物名字，當然可能是同音嗎？）
這隻小狗跑到公車站來歡送他
這同學只好把乃哥抱回家
用繩子拴住
沒想到他跑到公車站
公車來了
正要上車
那小狗又屁顛顛搖尾巴跑來『歡送』
他只好又抱起小狗跑回家
原來繩子被牠咬斷了
他找了一條新繩子，再拴，再跑去公車站
但乃哥又汪汪跑來了
所以他才遲到啦」

我們打哈欠
裝作很感興趣這個故事
「這個『奶奶』是隻神犬啊！」我敷衍小兒子
「不是奶奶，是『乃哥』！」他很生氣我每次這招
「而且，我那同學說
今天早上，他上公車前
那乃哥又跑來
他上了公車
卻從車窗看到乃哥被一輛車輾過
那小狗先躺地上
爬起來吐一口鮮血
又繼續跑不見了」

「真的假的?!」這次我們都認真起來
我說「你同學有說他那隻是什麼狗嗎？」
「好像是吉娃娃」小兒子說
「唉唉，那你明天早上見到這同學
一定要問他回家後那狗怎麼樣了
我看說不定會掛了」
我跟他說明很多人類譬如戰場爆炸了，或是被車撞了
當時覺得還好，走回家躺下就死了
因為可能內臟已破了
「很多這類例子」

第二天
小兒子放學
我問他
「你那同學的狗兒後來如何？」
「什麼狗兒？」小兒子一臉迷惑
然後像恍然大悟，那個表情就像我在某些場合
有人來問我「你上次黃金右手掏馬桶那間旅館是哪一家啊」
我必然不自覺露出的神情
又覺得老兄你來問這個叫我怎麼回答呢
但又感激茫茫人世，哥兒你對我的屁故事如此投入
難以言喻的貓臉笑容
小兒子拍拍我的肩膀
「喔，乃哥啊，活得好好滴，你別齊人憂天啊爸鼻」

我（一張德古拉公爵的臉）說：「是『杞人憂天』！」

十誡

小兒子說
「爸鼻，你無權罰我抄書
除非你能列舉我的十大罪狀」……

我想這不太容易了嗎？
便說
「好的——

1

剛剛上來一份白豆腐淋醬油
那是我的菜
你卻自顧自兩筷子把它挾光
這是第一宗罪狀

2

後來我覺得嘴裡淡出鳥來
又叫了一份白豆腐淋醬油
你們有你們的肉
（你可憐的父親吃素耶）
你又伸筷子來搶
我訓斥你
卻害我被你媽訓斥
這是第二宗罪

3

你們後來吃了那些肉鯽魚啦、蒜泥五花肉啦、回鍋肉啦
好不容易我的「客家小炒」來了
我要你們不准吃裡頭的豆干絲
你卻耍婊矇混假裝拿的是豬肉絲
我訓斥你
卻害我被你媽訓斥
這是第三宗罪

4

後來我挑出客家小炒的珍貴炒花枝
放進你碗裡
你卻趁我不注意跟那些垃圾骨頭丟在邊邊
我訓斥你
卻害我被你媽訓斥
這是第四宗罪

5

你今天英文課為何又裝肚子痛翹課啊？

6

幾項啦？

還有

你為什麼跟端端、雷雷一起擠在狗欄裡

害我以為你是一條傻狗？

7

你為何在計程車後座毆打哥哥？

（他說「欸我們只是在玩耶」）

你看過我毆打過中中阿伯（就是我哥）嗎？

8

（其實這後面的都是欲加之罪，獨裁者的硬掰，所以說
一項就激起他的抗暴意識

不斷欸欸的質疑罪名）

上次你便祕去醫院

醫生不是叫你不要只吃白飯

要多吃青菜

為什麼你剛剛一下就幹掉一整碗白飯

我訓斥你

卻害我被你媽訓斥

這是第八吧，第八宗罪

9

為什麼我揍端端牠們亂拉屎尿
你卻跑去跟奶奶告密
害我被奶奶訓斥
告密在我們光明磊落的駱家
是死罪啊！

10

還有（呼，好累，擦汗）
當初要養鸚鵡和小狗時
你跟我發誓
再不抓那些甲蟲、蜥蜴、什麼螯蝦回來了
為什麼我發現我們家又出現一個怪盒子
裡頭浸著一些怪蝦子？
你這樣見一個愛一個
喜新厭舊
將來一定對女孩子不專情
這～個～罪～很～重～啊～
（為了加強肅殺感，我用東廠公公的聲調說）

打完收功：D

不想這小痞子
從第一項微笑聆聽
像一個將軍虛榮聽人一項一項訴說自己的戰功
直到最後一條
他才認真否決

「欸！爸鼻
那不是怪蝦子
那是水薑
是我和紹如去陽明山抓的
我們科展作業我們這組決定做「水薑觀察」
有別組小朋友花了一千兩百塊
買了一對爛爛的彩虹鍬形蟲作報告
我一塊錢都沒花
老師還稱讚我這組

所以
最後一項罪名不成立
所以我不用抄書嘍
Yes！」

說著他就跑了
馬的
我耍婊沒贏過處女座的

歌詞

有一天我跟兒子們說
「其實我寫過歌詞」

「爸鼻你又來了」「又在亂蓋」「我們當你兒子不是
三五年而已」

「真的，我幫一個叫做『The PARTY』的團體寫過歌
詞」
啊我自己完全忘了這件事
當時還住陽明山，還在念研究所
是一位學長介紹
去城裡東區一個大樓工作室見一個看起來沒睡醒的中年人
很多年後我才發現這人就是伍佰，當然那時他還不是伍佰
比較像這個街舞嘻哈樂團體的製作人
他跟我說想要一首跟電玩有關的歌詞
講了一些想要的感覺
其實我根本不懂怎麼寫歌詞
但因那時我的《降生十二星座》好像有一些哥兒們蠻喜歡
好像我變成個電玩達人之類的
那時我也才二十六、七歲吧
好像《誠品好讀》也要我寫一篇電動的時間感
有一次《人間副刊》的「縱浪談」也是要我和林明謙談
不同世代的電玩經驗

總之，我回山上宿舍就寫了兩首歌

那時我不懂電腦

可能也還沒古狗搜尋這種東西

那個還沒變成伍佰的伍佰給我這個「The PARTY」的第

一張專輯

叫「Monkey on my back」據說賣得不錯

但我實在不懂怎麼寫

就胡掰了兩首送去

他們倒是用了一首半

另一首還沒變伍佰的伍佰改了

並列掛名作詞喔（呵～呵～^^）

而且他們很大方

給了我一萬五

那年代那年紀可是一筆不小的意外之財啊

唉

可惜這個「The PARTY」的團後來就倒了，消失了

說來我真是從年輕就被賽神盯上了

就被啓動了帶賽衛星定位啊

我叫兒子們上網查這個團

根本查不到

我完全不記得自己處女作寫的歌詞（想必很爛）

但還會亂哼兩句

「Monkey on my back：有Monkey在我的背」

小兒子樂得很
以為我又在瞎掰唬他們了
「這樣也可以？那我也會『有Donkey騙兒子騙好累』」

於是，在一種失落、悵惘的情感下
我處罰了這不長眼的孩子去抄書

蜜糖蕃薯

五角抽的蜜糖蕃薯
是我小時候巷弄裡柑仔店的最愛
比牙籤頭碰運氣的綠豆糕
或粉紅、白的軟飴金魚
更愛
仙女五塊、青牛（小時候好像是仙童）三塊
仙鶴兩塊、老虎一塊

趁弟弟上英文班
我讓阿白抽了七枚
「全都是老虎！」
這老實頭竟也就乖乖只吃七塊

等晚上那痞子老弟回來
抽五枚吧
第二枚就是仙女！
巨蟹座的近乎崩潰
我教他抽一排十連張的
（我少年時若某次手上橫發有個五元十元
便是用此招，整排抽，感覺命中機率高）
結果「十枚全是老虎！」
再度崩潰

後來兄弟倆把整張籤全剝了
發現那麼一盒
只有一個仙女一個青牛兩隻仙鶴

「現在你們知道爸爸的童年是活在一個大人有多耍娸的
時代吧？」

臉之書

今天中午和妻和兩呆兒
在一家美麗的咖啡屋用餐
氣氛好，燈光佳，餐飲好吃到沒話說
又難得的父慈子笑，兄弟和睦
沒有出現牡羊老爸插牛排刀在桌上立威的梗
總之
這一切是如此美好、愜意
為何那過程我卻一直有一種想流淚
不愉快的感覺呢？

「我不知道這家店有啥麼事讓我心裡不太舒爽？」我對
他們說
但吧台後面三個都是清新的美少女啊
（並沒有長得像我這樣的鬍渣大叔穿女僕裝啊）

等用完餐
大家站起要離去時
我那機伶的小兒子說
「爸鼻
我知道了
我知道你在不爽什麼了
我們四個人
還有店裡所有人
都把屁股坐在你的《臉之書》的封面上啦！」

火鍋店之 1

和妻兒吃晚餐
吃完我去上廁所
回座發現兩呆兒埋頭在填表格
就是餐廳搞的那種顧客意見調查表
小格小格可勾選
□很滿意　□滿意　□還可以　□要改進　□很差
很多題
他們當然全勾最優
但那似乎不是重點
我看他倆鬼鬼祟祟傻笑
後來一染金髮服務生小哥將那幾張長條紙卡收去
他倆說「完了，被收走了，慘了」
原來這兩個白癡
在調查卡最下方
署名處
分別寫了四個假名字
「杜子大」
「杜子騰」
「杜子拉」
「萬杜淑麗」

我說「前三個是我們父子仨，我懂
但這個『萬杜淑麗』是誰？」

小兒子說：「是媽咪啊！冠夫姓的女士啊！」
我說：「你們是白癡嗎？
這樣像是一個姓杜的女士嫁給姓萬的
而不是姓萬的嫁到這個杜家來！」
我說：「趁他們發現前
我們快溜吧！」

火鍋店之 2

今天一家人又去了那家「意見調查表」火鍋店
兩呆兒在吃餐後甜點時
便已在喊喊噉噉，蠢蠢欲動
「到底要用哪個姓？」
「『哈』好了？哈筆仁？哈覓刮？哈根答？還有個日本
表弟哈姆太郎？」
「不要不要，太沒創意了」
又鬼祟討論著
我想唬爛落了套，便會遇到瓶頸
譬如該如何出題？
「『米』呢？米恬貢？米琪琳？米勞蜀？」
「姓『毛』如何？毛宮頂？毛鏗？毛防？毛蓉蓉？」
「不優！」
兄弟互槓　互相否定
確實出題最難

後來是妻亂出個姓氏
「『巫』怎麼樣？」
「好吧」「好吧」
兩呆瓜埋頭寫
我瞄了一下
「巫歸」
「巫壓」（這是小兒子填的）

「巫予紫」
「巫齊瑪黑」（這是大兒子）
做母親的笑點低
「這次我成了『齊瑪黑』嗎？感覺像藏族？」
「算了『巫柯莉莉』好了」

我說
「走吧予紫、小壓
柯莉莉小姐，走吧、走吧」

火鍋店之 3

又到了火鍋店填意見表時間
兩呆兒又雞雞歪歪爭執今天我們姓啥?
「『簡』如何?簡宏點、簡珀濫、簡旨賈」
「太平庸,那媽麻呢?」
「簡刁石頭」
妻抗拒「我不要當刁石頭,難聽死了」
小兒子說「所以你現在就是簡刁石頭不!」

「就姓『戴』好啦」我拍板定案
兩呆兒埋頭寫
「戴屬肉?這啥麼?噁心」一定是小兒子的品味
「戴曉超?這作弊啊」
大兒子寫了一個
「戴立忍」
「你、你白癡嗎?我們父子有哪一個長得像他嗎?
媽咪像小鎂姊姊嗎?
明天《蘋果日報》出來說
戴導易容跟他肥胖舅舅一家吃火鍋嗎?
這給我改掉」
「這是甚麼?」這次換妻哀嚎
「誰寫的?戴錯便當」
我不要叫「錯便當」

火鍋店之 4

今天一家又去吃了那間要填
「顧客滿意度調查表」的火鍋店
兩呆兒又在姓名欄亂寫
這次我們一家變姓「吳」的
「吳偉雄」
「吳禮投」
「吳花果」
「吳郭瑜」
做母親的又重複上次「我又不跟你們同姓」的質疑
我說「不然改成『吳廖楠梓』吧？」
小兒子說
「馬迷，不是的，這次我幫妳想好好的
妳的本名叫『郭瑜』」
結帳時
犯罪的全不中用跑了
剩下我硬著頭皮站櫃台等找錢
看到收桌的年輕男孩女孩摀著嘴一直笑

青康藏兔子・火鍋店之 5

1

我家附近靜巷裡的「青康藏書房」

是一間非常有意思的舊書店

這整間店本身就是一座時光博物館

店裡常收到附近老教授一生藏書

過世後子女將之清出整批倒賣

這一帶收破爛的每有這樣一整老公寓舊書

都會拉來他這

因為他認得它們發著光的、珍貴的身世

老闆是位非常受人尊敬但又澹泊的大哥

我幾次在他的院落聽他閒聊

皆非常入迷神往

有一次聊著

聽他放一張南管的老黑膠唱片

優美哀淒，只應天上有

將來來寫篇這書店的故事

今天按下不表

前幾天路過

發現老闆在院落圍出一區塊

養了三隻兔子

一隻白兔媽媽，兩隻有點像野兔，頭上帶褐、黃、黑花的子女

兔媽媽的眼睛是紅的

兔兒女的眼睛像玩具熊一樣，黑溜溜，晶瑩可愛
後來我去接小兒子放學
帶他和他的好朋友H
走去「青康藏書房」看兔子
暖烘烘的陽光，有一隻小兔在啃紅蘿蔔
老闆跟我們說
附近小朋友也都一撥撥跑來看兔子
「兔子啊，當牠們很安心，舒服，不警戒時
就是四腿伸直、拉長，像棉花糖一樣」

            2
又到了那家要填顧客意見表的火鍋店
兩呆兒又是每一項填上最棒最優之評價
但下面的署名又開始亂寫
（不知我是否心理作用？我覺得那些穿制服的帥哥美女
似乎都很期待我們交上的問卷表）
這次，我們一家的化名是
于仁傑
于偉文
于古頭
于宮怡珊
妻「所以，這次我姓『宮』啦？」

ㄆㄧ、ㄒㄧㄡ

昨天我的哥兒們小賢告訴我一段
他和老婆到北京被騙的事

他們在飯店前打了輛的士
（這在北京現在某些尖峰時段是非常僥倖好運之事）
一上車
說要去王府井大街
那師傅說今天去不成那啦
有外國使節來
那一帶全交通管制啦
不如我載你們去一處難得景點東嶽廟
恰好你們來這時
有個異象叫「龍抬頭」
這六十年才一次啊
那兒有個貔貅博物館
比王府井那兒宰觀光客的店值得去啦

他們心中將信將疑
但一會兒
那師傅把車靠馬路邊停下
下去掀開引擎蓋
一會上車說
老闆我這車開不動了

機油燒乾了
真不好意思
我幫你們再招輛車
我這車資也不算你們了

還真的在灰塵漫漫車道上攔了另一輛車
他心裡還想還真的遇到了個爺兒
剛不該懷疑多想的
後來這車的師傅一聽要去東嶽廟
說唉剛那師傅不該跟你們說那的
那不是觀光客的路線啊
是咱們北京人自個兒知道才去的

結果到了那貔貅博物館
氣派非凡
他還跟那店員不懂裝懂講一些這有沒開光啊
這有沒到代啊
總之就昏頭傻腦買了一隻錦盒裝的玉貔貅
花了兩萬台幣

後來回飯店
夜裡愈想愈狐疑
上網輸入「北京、貔貅」

馬的網路上一大堆被騙的經驗談
全是一樣的招式
原來那第一輛第二輛計程車都是套好招的
就是一轉折一換手
你根本不疑有它
不論你原本要去哪
總之最後傻逼觀光客一定被載去貔貅博物館被宰

「這真的太高招了」我嘆服的說

今天晚餐時
我跟妻和兩呆兒說這「小賢叔叔的奇遇」
但當我說到「的士師傅說外國使節來那一區交通管制」時
他們全「ㄧㄝˊ～跟我們那時一樣！」
「什麼？」
「就是前年跟你去北京，你去開會，我們三個去玩的其中一天」
「真的假的？那也有什麼六十年一次啥……」
小兒子說「六十年一次龍抬頭！」
「那個貔貅博物館？」
「對對對，貔貅博物館！」
「他馬的，原來我們家也中過這貔貅騙術！但你們的司機也是中途車拋錨幫你們另攔一輛嗎？」
「沒有，他是直接載我們去貔貅博物館，我們本來上車要去雍和宮，他也說交通管制」
「幹他馬的你們不會也買了隻兩萬塊的貔貅吧！」

「沒有沒有」
妻僥倖的說「還好，阿甯咕到那店裡就一直胡鬧
還去騎在人家可能是上百萬古董的大貔貅上
我看那些店員都快崩潰了
我和阿白都覺得非常丟臉
拉著他逃離了
沒想到因此逃過一劫啊」

這時小兒子還不很清楚自己是哪裡立了大功
為何我欣慰的摸他的頭
他難得謙遜傻笑說「這就叫傻兵立大功嗎？」

因為從小賢跟我說時
就一直說「ㄆㄧˊ　ㄒㄧㄡ」「ㄆㄧˊ　ㄒㄧㄡ」
我一直不知是哪兩個字
這時有點疑惑
「你們是小孩就算了
小賢叔叔那麼大的人
就算人家這麼精巧把他載過去
也不至於花兩萬元買一隻皮卡丘啊？」

「爸鼻！」兩呆兒一起大喊，大兒子並拿紙筆寫給我看
「是『貔貅』！」

颱風

從蘇力颱風之後
處女座小兒子便迷上了
上中央氣象局看颱風「實錄」
他像在讀一本家族祖譜那樣念著一些
死去親人的名字
我不很理他
反正就是處女座的碎碎念
「哇！去年的天平，還有『喜德』⋯⋯」
我說「喜德不是《冰原歷險記》裡一隻樹懶嗎？」
「是『啓德』！」
總之他念了不少颱風的名字
有幾個從耳邊溜過你難免熟悉
因它曾造成恐怖的災難記憶
但對這孩子來說
就是一堆颱風名字中的某個名字
「爸鼻，最早有颱風是甚麼時候？」
他似乎把滑鼠往古老年代拉
「一九五四年，那是什麼時候哇？」
「應該說是最早中央氣象局替颱風取名字吧
這麼說好了
爸鼻出生是一九六七年」
我原想讓他知道一九五四年的時間標尺意義
是我都還沒出生

他爺爺和奶奶都還沒相遇的年代
但這小子靈機一動
「咦，我來看看一九六七年有哪些颱風？
哇塞！有九個！
爸鼻
你果然是衰咖，一出生台灣就被九個颱風攻打！」
這倒是引起吾之好奇
也湊頭去看
那時父親母親仍和阿嬤住大龍峒的爛違建
我想像我在襁褓中，而那一年不斷有颱風來
他們愁苦的臉
都是我完全不知道的名字
衛萊特（強烈）、艾妮達（中度）、畢達（中度）、葛萊拉（中
度）、瑪芝（強烈）、娜拉（易卜生？——中度）、解拉（怎麼
像局長便祕終於舒暢從廁所門後大喊？——強烈）、黛娜
（中度）、吉達（強烈）
我說「怎麼真的那麼多？」
「所以爸鼻，您可能真的大有來頭，是天上災星下凡啊」
我想K他，不過昨夜睡前我們和解後
我便覺得自己老了幾歲，沒力氣跟他生氣了

「來，讓我看看俺出生的二○○一年，風調雨順，來了
幾個颱風？

颱
風

101

啊！不！！！竟然也是九個？」

我說「哈哈，你老兄也不遑多讓啊」

他念「西馬隆、奇比、尤特、潭美、玉兔（欸這名字取得好）、桃芝（我說這個我記得，好像蠻恐怖）、納莉（我說，這個超恐怖，而且就是你出生的九月，而且美國那年還發生911，他馬的掃把星就是你！）、利奇馬、海燕」

這時這小子上了癮

「來看看哥哥的，咦？一九九九年居然只有三個

而且哥哥出生那年的颱風都好像美國的榮ㄑㄧˇ啊名喔」

什麼「瑪姬」、「山姆」、「丹恩」

他這麼說時連我也笑了

「不過哥哥出生兩個多月

就發生恐怖的九二一大地震

那比十個颱風還可怕啊」

我跟他回憶了那個恐怖的夜晚

當時我們住深坑

哥哥還是小貝鼻

我和媽咪從夢中驚醒，在天搖地動中逃到一樓

後來才知道埔里那麼慘」

「所以哥格也不是吉祥物囉？」

「你少套我」

「媽咪呢？哇，六個，原來大家的出生都不容易啊！」

爛傘

出門前
父子從樓梯間之窗探頭下望
路燈光暈處皆無雨絲
「好吧，甭帶傘啦」
才走到巷口
雨像大象拉尿那般淋下
因我們是要去白鹿洞還過期罰錢的DVD
冒雨走到師大夜市
看見小兒子最愛的十元垃圾玩具店
他啟動「金兔徽章」進去買了一堆黃色塑膠鴨（給狗兒
啃的）
我也買了一把巨無霸傘
他馬的才走到大馬路
那傘就滑下來變巨大斗笠
為什麼我們不回頭就拿去跟老闆換一把呢
因為半分鐘前我們經過一家小七
「乁再進去買兩瓶飲料，也許又抽到一元？」
一進去，櫃台小哥說這抽小圓牌打折活動
今天最後一日了
父子相看一眼
拿了八罐黑覺醒
全由小兒子出手
「幹！全是89折？」

所以當我們發現買到爛傘時
手上已提著八罐黑覺醒
這時小兒子又說
「爸鼻，我忘了帶要還的光碟」
「那我們倆這趟出來是幹啥啦？」
「好吧走去Wellcome買豬大骨回家煮給小狗啃吧」
結果颱風夜
整個超市裡排隊等算帳的人龍
拖曳到中間的零食貨櫃區
而且放肉品的冰櫃
竟沒任何和「豬骨」有關的貨

不只沒有豬大骨

豬尾多骨、前腿骨、小軟骨排、小枝條骨、豬腳

什麼跟骨類有關的都被搶購一空了

「怎麼了，颱風夜不是該吃泡麵嗎？大家搶買豬骨頭幹嘛？」

我生氣了

「不買了！買了還要排半小時隊，我最討厭排隊了！」

小兒子哀號

「拜託啦，我要買小熊軟糖」

「放屁，不買了！」

我們帶了那把爛巨傘和一堆黃鴨鴨和兩大袋黑覺醒回家

大兒子幫開門後，知道光碟也沒還

問

「請問你們這趟出去是幹啥去啊？」

鑰匙

竟然發生這樣的事
小兒子放學自己回家
電話中我交代他如果要帶小狗去頂樓花園跑跑
絕對要帶鑰匙在身上

下午一個演講結束後
奇怪打電話回家都沒人接
再打、再打
都沒人
心裡難免有些慌
計程車趕回家
一開門也沒兩隻激動的狗撲上來歡迎
一切那麼的寂靜
很像某些核戰爆發過後你不知道什麼已被改變
的電影情節
我匆匆跑上頂樓
發現小兒子坐在一堵矮牆旁
一臉倒楣
兩隻呆狗歡快追逐
我問「你們怎麼待在這上面？」
小兒子說
「我回家進門扔下書包
想帶牠們倆上來玩
才出門就想起忘記帶鑰匙

正想回去拿，那門只是掩上
沒想到呆端先趴上鐵門
呆雷再補一下
真的像打排球她作球讓他殺球喔
我就聽到喀啦一聲
想『完了！』
我們就被關在外面啦」

我告訴他若是以後再遇到這樣狀況
先把狗兒關在頂樓
自己到巷口雜貨店或貳月咖啡跟他們借電話
打給我或媽咪

倒是
頂樓的許多盆植物
也秋意蕭瑟，葉片灑灑淡金
如此美麗

後來
小兒子問我
「爸鼻，你有沒有忘記帶鑰匙被關在門外的經驗？」
我悲憤說
「來，今天我們來學個新的詞
『不勝枚舉』

就是這個意思
數都數不清的意思
他馬的老子這經驗可多啦！」
小兒子說
「最慘的是什麼狀況？」
我說
「這必須分門別類了
『只穿條內褲被鎖外面進不去』是一類
『荒郊野外進不去走很遠的路』是一類
『被鎖屋外不知如何是好這時突然想拉肚子』是一類
『住深坑時，搭公車去找鎖匠，又坐過站』是一類
『找了鎖匠，鎖匠開車來打不開鎖，結果他的車又故障
發不動，我們困在那門外抽菸』是一類
你們小時候我們和樹阿伯去霧社山上
還發生過我開車後行李廂
好像是拿你的嬰兒車
所以前車門都先鎖上
砰關上行李廂才發現那串鑰匙
我拿嬰兒車時放在一旁
被鎖在行李廂裡
那是荒郊野外
後來是玉珠阿姨開車下山到埔里街上請鎖匠開車上山來
救我們」

「哇賽！」
小兒子露出欽敬的表情
「原來鑰匙是我們父子的剋星啊～～～」

誰大的

今天吃晚飯時
跟妻子聊起
自去年中生那場病後
這八個月吧
我幾乎盡可能推掉一切演講或評審邀約
也不接電話了
雖然因此少掉一塊打零工收入
然真不敢想像之前那兩年
到處轉場
長期在腎上腺激素高濃度血液的浸泡
那身心是怎麼撐過來的
幾度開筆新的長篇
一個出征任務下來
全部打斷
我從年輕時的連走過等公車人群
都會害羞低頭
到大小場子演講
之前狂吸菸
上台前冷汗直流、恐懼、緊張、呼吸不過來
沒有變過
那樣的耗損，細胞整批死去，之於我
可能超乎哥兒們的想像

這時
小兒子插嘴（不外乎又是屁話）
「爸鼻，你下次可以帶寶兒去演講，分散大家注意力
你就可以輕鬆一點啦」
我發呆了十秒
說
「我這生在外演講
一共只帶過我的兒子在場兩次
一次是帶你們倆去新竹誠品打書
我坐在那裡講
哥格乖乖在書區看書
就你一個小屁孩故意從旁邊爬來爬去
我根本就講不下去」
「另一次是我帶阿甯咕你
去幫媽咪代課
叫你坐教室最後一排畫畫
結果才上半堂課
你嚷嚷要大便，然後就大在褲子（尿布）上
害我只好跟同學道歉，提早下課
去廁所幫你擦大便
你們說
我怎麼敢再帶你們去什麼演講之類？」

妻說
「可是爸鼻，你好像記錯了？
那是我生阿甯咕，坐月子
你去幫我代課

帶的是才兩歲的阿白
我記得你們回家時
跟我說『嗚，對不起，妳的飯碗被我們父子打破啦』
所以是阿白，不是阿甯」
「喔，是嗎？原來是阿白啊？so ga！」
這時，老實害羞的大兒子
一臉認真的說
「爸鼻，你記錯了，我那時很小
坐在教室最後一排
你突然宣布下課
然後抱我到廁所
說『爸鼻大便在褲子上了』
你怎麼賴給我?!」

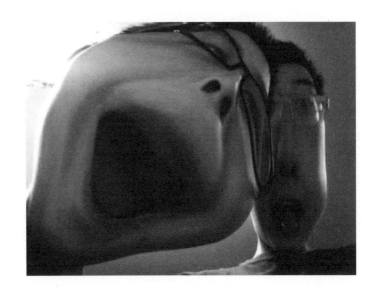

被他一講
回憶畫面確實模糊不確定起來
這麼小一件事
竟然變羅生門？

「so ga？搞半天是我大在褲子上？
他馬的，你們覺得我的臉看起來很像癡呆症嗎？
到底在媽咪課堂上大便在褲子上的
是阿白？阿甯？還是我？」
他們全睜著少女漫畫眼睛看著吾

迷路

今天在汐止的山區迷路
妻駕著車，我坐在旁座
兩兒子坐後座
路非常紊亂
綠色的群山，泥漿的河灘，一晃而逝的鐵皮工廠
俗氣金漆的寺廟
一臉茫然站在山路邊公車站牌等候的一家老人
看起來已是老人的兒子、媳婦（或女兒）
更老的父親和老母親
他們皆穿著舊式但可以最努力盛裝的男西裝和女洋服
身材像兒童一樣胖胖矮小
但我覺得灰塵漫漫中
那公車好像一百年也不會來
上山彎路每有三、四一夥的野狗
品種毛色像紀錄片重播，各自極像
我生命不同時期養過的狗兒們
天際線被高聳巨大的弧彎高架橋水泥石墩遮斷
非常醜陋、蠻荒、悲傷的景色

我們的小車一直繞啊繞啊找不到該上去的路
妻用手機裡的衛星導航也無用
距離我們該趕赴的聚會已遲到一個小時
但我們四個人仍像乒乓球接發儘量說著耍寶的笑話

車子顛晃著
我想著
從他們很小的時候
我們就常這樣窩在一車上
迷路，山路中迴旋，看不懂台灣山路的許多指標
在南投、花蓮，或宜蘭的山裡
後來很多年我們沒這樣旅行了
以前我們住深坑
幾乎天天都是這樣的車窗外景色
大雨中暴漲的溪流，從竹叢上起飛的白鷺鷥
戴黃膠工程帽大小五口擠一輛機車上的一家人
烈日蒸煙的柏油路，有時被出巡的鮮衣怒冠的陣頭擋住
路塞車
那時兒子們還坐不同尺寸的兒童安全椅呢
後來他們長到現在這麼大了
我也衰老、故障許多了
父親已過世了，母親這兩年為腿吃了許多苦
我很懷念那個階段，時光
但不代表我對現在的生命不滿意
我作為某個想像的星系的那顆太陽
已不似較年輕時那樣光爆噴發
慢慢變暗紅些
不過我好像沒年輕時那麼神經質、焦慮、害羞了
我會調戲一下年輕的女服務生
為一群哥兒們在一起能耍寶逗樂大家而自嗨
我希望他們都能開啓他們自己的旅行
希望他們睜大眼好奇的貪看風景

如同我最初的時光
還沒認識妻
連想像這兩呆兒的臉貌、性情都無從想像
獨自開一台爛爆的車
在山裡迴繞
車窗大開
叼著菸，音樂開得特大
一手伸出窗外
那風阻撲臉擠壓

媽寶

上禮拜某天
小兒子鬼頭鬼腦跟我說
他和另兩小朋友
在教室置物櫃
發現一隻超巨大蜘蛛
他用甜美的聲音說
「爸鼻，仔細想想我覺得你是天才小說家
我們家可以養這隻巨蛛
就當我生日禮物吧？」
我說
「放你個屁
你給我把牠放了
人家活得自由自在的」
他說
「但牠一看就是劇毒巨蛛
在我們學校放
會咬小朋友
放到大安森林公園
會咬遊客、散步的老爺爺
放到我們家頂樓
萬一雷寶牠們上來被咬？
我擔心哪」
我說

「放屁，想都別想

你光想你媽在家看到你養蜘蛛

會不會崩潰？」

過了幾天

他又鬼頭鬼腦問我最近要去水族街否

他想買點蟋蟀

我大吼

「你們是不是偷養那隻巨蛛了？」

「怎麼會呢？沒有、絕對沒有。」

又過幾天

他又試探

「爸鼻

我可以把『我同學養的』那隻蜘蛛帶回來幫照顧三天嗎？」

我說

「少來這招

你們一定是父母都不准

就假裝是別人養

各自分配帶回家三天

想這樣偷天換日，呼嚨過去

快放了牠！

你如果被外星人抓起來關一盒子裡

再也不見自由的陽光、微風、樹木

會不會很難過？」

「好啦，是我同學要養，都是他啦……」

（反正他有一種將事情輕描淡寫，舉重若輕的本事）

今天傍晚在頂樓澆花兼遛狗時

小兒子對我說

「今天在學校發生了一件悲慘的事

我和那個同學養的那隻巨大蜘蛛

今天爬到那盒子的蓋上

不肯下去

我們手忙腳亂，牠就爬出來亂跑

一些女生就亂尖叫

我們老師當時就說

我和那同學要養那『班蛛』的條件

就是不准牠跑出來

結果

我們老師就把那隻蜘蛛打死了

那個同學就一直哭

我們老師花很長時間安慰他

他還是一直哭

後來老師就把我們三個當初提議養『班蛛』的小朋友集合

要我們負責幫他再抓一隻昆蟲當新寵物

我們努力在校園找

只有一些小屁蜘蛛」

我說

「你看！

我不是跟你說過

人家蜘蛛快快樂樂的

叫你們把牠放生

放我們這頂樓都可以

本來人家自由自在
你們硬要養
現在害牠死了吧？
十隻黑兔！」
小兒子說
「你就是找藉口要扣我金兔
牠又不是我殺的」
但他說得很心虛
所以我知他內心模糊是有罪惡感的
「這就叫『我不殺伯仁，伯仁因我而死』！
總之一定要扣！」
晚餐的時候
我把這事跟他母親和大哥說了
妻竟沒罵他
很感動的說
「這同學還真有情有義
怎麼哭那麼傷心？」
小兒子說
「他一直說『我的「媽寶」！我的「媽寶」！我的「媽
寶」死了！』」
我：「什麼？果然！我就說你們偷養一陣子了，連名字
都取了」
妻：「啊？你們把它取做『媽寶』？真的，一叫了媽
寶，結果死了，真的聽起來好悲。」
大兒子說
「喔，太可恥了，幫節肢動物或昆蟲去取名字
還叫『媽寶』，不要說我是你哥」

媽寶 *119*

假牙

在「貳月」吃晚餐時
被妻訓斥了
「你爲什麼臉書都貼一些噁心的？
這個世界還不夠噁心、紊亂嗎？」
我說「好咩，下次來貼一些柔美、淨化人心
符合我本性的東西吧
不過今天姊階寄給我那『無敵矮人族』之歌
超好笑的
可惜這咖啡屋太安靜了
不然妳可以去抓來聽」
確實這是一間非常優雅的咖啡屋
每一張桌子的年輕人都安靜讀書
或在筆電寫東西
老闆娘也美
店狗「搗灰」被小兒子票選爲
「大安區第一美犬」
我們獸醫養的「虎乖」是第二名
吾家端端是第三名
他說是「大安區三朵花」
但又想起虎乖是男生
這於是陷入掙扎
「要說牠第一帥
再怎麼說也該是雷寶呆！」

大兒子在一旁讀村上春樹雜文集

突然抬頭問我

「爸鼻，日本是不是有個奧姆眞理教？」

我說「對啊！超恐怖的，那時他們在東京地鐵上班尖峰時間

人潮最擁擠時，在車廂放沙林毒氣

死了好多人」

「他說死十二個人，但六千多人受傷」

「噢！十二人很多啊！」（那你幹嘛問我）

「他們的首腦叫麻原彰晃

是個長得和爸爸很像的肥仔」

「爸鼻

會不會其實你就是那個麻原彰晃

逃獄後躲到台灣隱性埋名

跟媽咪結婚生出我們？」

我說

「此事萬不可說出去

事到如今

爸爸，不，教主我只好讓你們知道你們眞實的身分

白眉鷹王和白鼻心王聽令

（小兒子大喊「我不要當白鼻心王！」）

你們的母親其實是紫衫龍王聖瑪莉……

你們今後當齊心協力，好好效忠幫主大人我啊」

話沒說完便被不忠的教眾們政變推翻了

「這是倚天屠龍記嘛，哪是奧姆眞理教？」

「那是麵包店吧？」

連妻都生氣了「你太臭美了吧？」

我頓時像洩了氣的皮球

不過又想起一件開心的事

「你們知道嗎？

我的牙醫終於幫我裝了假牙

上下各一排，共七顆

但因我的牙拔掉太多顆了（嗚呼呼呼爲了佛學眞理）

沒有支撐

他幫我裝了一種可拆式假牙

說吃完東西要拿下來清洗

再裝回去

睡前也拆下，裝一杯水泡著

對了阿白阿甯

以後看到餐桌上有一杯水

那可能是爸爸的假牙湯

別把它喝下去？或把它倒掉」

說著我表演給他們看

如何把連著粉紅假牙齦的上下排假牙拆下

小兒子裝小貝比的哭腔

「好可怕喔～我晚上會作噩夢～」

我說

「放屁！以前阿奏（我外婆）從嘴裡掏出整付嘴的假牙

放在水杯裡

我還稱讚好水好水！

要疼愛老人家
你這傢伙！
就算我從嘴裡掏出一隻金屬機械猩猩
你也沒在怕的！」
不想這時紫衫龍王，喔不，聖瑪莉，喔不
他們的媽又訓斥我了
「你怎麼才說沒十句
又開始說噁心的！」

我的精神醫師生病了

昨天運氣有點怪
去醫院我定期的精神科掛號
（只是拿安眠藥啦）
護士小姐說
陳醫師還在生病
我幫你掛家醫科，反正你只是拿藥……
我說「醫生生病了？什麼時候會好？」
她臉色怪怪的
說「不知道喔，我們也連絡不到他
不知道他什麼時候會回來看診」

你的精神醫師生病
這很怪你就是會想歪他是否是看了太多精神疾病者
終於崩潰了

於是我過條馬路去常去的盲人按摩店
一進門
那些表情迷茫的師傅們各在替客人按腳底
我跟他們都非常熟了
我說「請問29號師傅有空嗎？」
他們像合唱的齊聲說
「29號請長假嘍
他的手斷了」

手斷了？
他是林書豪嗎？
後來知道妻帶大兒子在附近理髮店剪頭髮
我想我乾脆也去剪個頭吧

正襟危坐在理髮椅上
頭不能轉
跟一旁的妻描述我去香港趕機場時
我的計程車撞上前面的車子
我描述那個劇烈的砰磅撞擊感
下車看兩車的擋泥板和車蓋都爛塌了

講講又順便說起剛剛分別到醫院拿藥
和要去按摩都不順利之事

「怎麼會這樣？我的計程車司機撞爛車，
我的精神科醫師瘋了，我的按摩師手斷了？」

這時突然感到腦勺後美髮小姑娘剪髮的動作停下來
我從鏡子望去
發現她一臉害怕，後退了至少兩步，也看著我
一臉不知還要不要繼續幫我剪頭髮
不知會不會也飛來橫禍的神情

影碟出租店

我們家常去的那家影碟出租店收攤了
在關門大吉前
把店裡的片子分不同價位
開放大家揀貨
問題是某些像《銀翼殺手》這樣的經典收藏片
它還是賣七百元
一百或一百五區能挑的藝術片或一時腎上腺素飆升的
覺得想孩子將來長大些可能會看懂的不賴的片子
極有限了
主要吾今年因閉關不出外演講賺香菸錢樂透彩錢
家用較緊
預算有限
這時發生了我家對外重大決定意見分歧時
「誰是老大」之爭

我用小菜籃挑了《大智若魚》、《啓動原始碼》、《竊
聽風暴》、《針鋒相對》、《偷拐搶騙》、《醜聞筆記
本》、《陷索》、《五路追殺令》、《殲滅十三區》、
《下流正義》
（還可以吧？）

一轉身
發現小兒子的菜籃裡

放著《怪醫杜立德1》、《怪醫杜立德2》、《怪醫杜立德3》、《怪醫杜立德4》、《怪醫杜立德5》、《二十四笑》、《長毛狗》、《波普先生的企鵝》、《年度鳥事》、《十二生笑》……還有一堆《哆啦A夢》、《柯南》……

我在那家將倒閉的影碟出租店裡怒吼
「他馬的這都是什麼爛片！統統給我放回去！」
處女座的開始對我進行遊說、洗腦
「爸鼻，你知道嗎？這《怪醫杜立德》超好看的！
香港叫做《怪醫D老篤》耶」
「他廣東話叫啥關我屁事！」
「你知道嗎？
他可以聽懂所有動物說的話（我知道）
也會跟動物吵架
有一次他被當瘋子抓進去精神病院關
那精神病院院長是他醫學院的同學
當時杜立德是全班第一名，這精神病院院長是他們班最後一名
因此嫉妒懷恨在心
杜立德明明可以出院了
他卻說他還是瘋的不放他出去
後來是這精神病院院長養的一隻貓

告訴杜立德，那院長有一件芭蕾舞裙，他很愛夜晚偷穿
杜立德去威脅他，他才放他出去」

我不爭氣地被小兒子說的這段情節
逗得哈哈呵呵笑
又覺得其中有什麼碰觸到人世間的蒼涼或不平
「你爸爸以前一直是班上最後一名啊」
但我立刻警醒，想別著了這小痞子的迷魂道
「不行！給我放回去！我們錢不夠，這好笑歸好笑
但不值得收藏，告訴你這個家誰是老大！不准在我們家
堆一疊這種垃圾搞笑影片』
這孩子一臉委屈
轉回影片架櫃那一頭
過一會推著他的終極武器——他母后過來
「爸鼻，小孩子有他們自己對世界的好奇和窗口
你不要牡羊座每次都強把自己的意志強加在小孩頭上」
妻責備我

「唔……他……」我看到那混帳在他媽身後對我做鬼臉
作出狒狒的嘟起下嘴唇
妻一回頭，他又作出被父親霸凌的可憐模樣
「這……不會吧……妳看看這都是啥麼？這品味讓人憂
心啊……」
「爸鼻」（我想有在看Discovery的朋友應都知道這就是
母獅子在威嚇公獅，保護小獅子的低吼啊）

沒有懸念
我們後來提回家一大袋
全是那些《D老篤》和《哆啦A夢》的宇宙他馬的一堆大
爛片！

被騙

怎麼被騙？
昨日在一場合
遇到一群軟軟的，可愛的高中男孩女孩
有一個小女生說
她會去讀那所高中
是因為當初那校長騙她們學校的馬桶很大

這樣也行？
認真想著一些騙人的把戲
生命中被婊
最深的印象就是修車行
年輕時開著叮叮咚咚的爛車
拋錨了
省道旁的、交流道下的、城市高架橋下的
任意鑽進
絕對被痛宰
因為宰人者掌握某專業知識
你如鬼孑般惶惶流過，無明無知的眾生
當然被宰
也有旅行中被婊
也有在家中被按電鈴登門說是慈善募款的二人轉年輕人
所婊
或我們那年代哥們做兵被騙簽四年自願役

初出社會被好像愛才，誠摯言語，其實你不知的

不斷累聚向下望之陰影

好像也不是單一被婊

而是一個「完整的成人生活」必然的眞貌之領悟

因爲人人都有要生存的不得不然的苦衷

有時騙人的被拆穿了

也就是一張賴皮的鬼臉

你也很難追究

是這個世界崩解得太快

那作爲拉聚力的老輩人的教訓

「不能騙人」「要守誠信」

愈漸薄弱

還是其實每個時代每個切面

都是如此，在泥河漩渦中，像海葵突觸的手指亂撈

像敏捷的小魚逃脫

騙與被騙者之間的急管繁絃，探戈舞步

老一輩人說

呷菸倒噴風，食檳榔四界ㄆㄨㄟˋ紅，種甘蔗給「會

社」磅

第一憨

我對那校長啓動幻騙術的餌．

感到非常新奇（而且似乎眞的成功）

很大的馬桶

並沒兌現的「美好的悠然上大號時光」嗎？

後來做了老爸

我實在太愛騙兒子們了

這世界並沒有這一條的規則

天空並沒有飛行著一隻像熱氣球那麼大的神龜

隨時監視著他們「有沒有皮」（那是他們比較小的時候）

住深坑的時候

河對岸山裡並沒有這麼一隻他們的好朋友「鴨嘴獸」

會在白日我們出門時摸進家裡

用圖畫寫信給他們

這兩年

兒子們已經會在我胡掰啥麼時

異口同聲大喊

「想騙誰啊？當我們是小孩子啊？我們可不是被騙大的啊！」

輯三

小惡魔菇菇

百年難得一見

家裡大工作桌
總是被小兒子堆的亂七八糟各種垃圾
都是他去師大路「好地方」（一間賣廉價雜物的怪店）
買的垃圾十元、二十元玩具
（也就是他將「金兔」兌換領賞的銷金窟啊）
而這傢伙的品味
完全是幼稚園小班和流浪漢阿杯的混合體
有這陣爆紅的黃色小鴨（原本的賽斯）
奇形怪狀的巨大氣球
（有一次我罵他「為什麼桌上有一條阿婆紅內褲!?」
他冤枉的說
「爸鼻，那是我的巨大紅氣球」（沒吹氣的模樣）
就知道那氣球的巨大和形狀，多讓中年老爸臉紅心跳啊）
有垃圾便宜怪發光彈力球，橡皮筋槍
發條呆鴨、塑膠呻吟死雞、疊疊陀螺
或他自己亂剪亂扔的呆瓜面具、垃圾組合怪紙盒竹筷
塑膠假蟑螂（二、三十隻）
乾癟腐爛的橘子或柚子皮
養樂多空瓶、玻璃彈珠
或他拾荒的各種枯枝敗葉

唔……再寫下去好像我嫉妒他壓倒我的人氣
在抹臭他的「父親的黑暗」＝＝＂

從來像寵玩具熊在寵兒子們的他母親

偶幾次崩潰、發火

都是為了無論潔癖的她

前晚把家收拾得多乾淨

第二天回家，客廳中央的工作桌

還是被他弄得像垃圾掩埋場

有一次他被溫柔的母親訓斥了

一邊臭臉收拾

連我且連坐挨訓（「就是你的遺傳！」）

在旁邊敷衍裝幫忙收拾

忍不住小聲問他

「阿甯咕

你將來娶老婆

是要娶個很美、很愛乾淨，像媽咪把家裡收拾很整齊

但會因為你的噁爛而崩潰的女生呢？

還是個跟你一樣噁爛、骯髒

把你的噁爛視為理所當然

從不打掃，碗堆得發霉，臭衣服堆成山要出門再從裡頭

撈一件穿出門

也不管你、不念你

然後你們家慢慢變成垃圾堆

的女生呢？」

這、這小子竟捻著下巴

一副陷入長考的模樣

「這個……」

我又加碼

「後者是技安妹，但超稱讚你的噁爛？」

「嗯……唔……」

那時

我終於理解了

我駱家的遺傳基因裡

有愛美色的基因對

有變成噁爛流浪漢的基因對

在我身上

就是這兩股巨大的遺傳拉力和斥力的鬥爭

最後是「愛美人」的這一條意志獲勝

但看著這小子

好像會「寧要垃圾山，不要美人」的態勢

莫非他就是傳說中

百年難得一見

熱愛自由的噁爛

那「極品拾荒老人」嗎？

泳池

暑假開始啦
又開始帶兒子們去泡游泳池了
今天很怪
整游泳池就我們父子三個
漂著漂著
水光搖晃映著天花板灑下的陽光
自己的頭伸出水面換氣
還會聽到空蕩蕩迴音
好像恐怖片喔
就是游著游著
池裡會冒出大水怪那樣的B級片

咕嚕咕嚕　　普突普突

之類的
奇怪這個泳池往年這時可是像下水餃整池子擠滿了人啊
來回緩游的泳帽阿公阿嬤不算
還有許多穿小芭蕾比基尼學游泳的小女孩
還有這裡教練競技炫耀超華麗的蝶式
或穿上蛙蹼，不可思議踢水手划三四下到水道對面

但怎麼今天沒半個人呢
真怪

「怎麼回事呢？」
我們三個聚在池畔
難得臉上都沒戴眼鏡，且戴泳帽像烏龜頭，戴著泳鏡
頭髮眉毛滴著水
「啊怎麼都沒人？莫非總統要來游泳，這裡交通管制？」

「不好了」小兒子說
「爸鼻，會不會還沒放暑假
我們弄錯了？
其實小朋友都還在上學
只有我們三個傻瓜開開心心來過暑假啊？」

這一類的蠢事
我生命中可說是不勝枚舉
譬如記錯重要人士生日在一個月後噹噹噹噹噹生日快樂
（感謝臉書）
最要好哥兒們結婚喜宴
帖子上明明寫中午
我卻晚上跑去蹭桌吃了半天
新郎新娘走紅毯才發現糟，不認識
當然還有多次記錯飛機班次
有一次簽書場合
那讀者攤開書，說我也很喜歡馬奎斯喔
我緊張說真的啊超讚
然後就昏頭把署名簽上馬奎斯（而且是中文）
還畫一隻微笑鴨嘴獸

我還有過某日回籠覺睡過中午
醒來嚇得跑到當時念小一的大兒子小學後門
因為錯過接小孩時間
發現鐵門已關上，一片空寂
我在那條巷子來回疾走
想會不會這小孩等不到爸爸，自己亂走
一直大喊「兒子！兒子！」
後來近乎哭聲打電話給在山上上課的妻
說我把兒子搞丟了
妻很習慣的說
對不起今天放假
一早我就帶他們上陽明山來玩

你不是還迷迷糊糊送到門口
說要聽媽麻的話
唉@#$%@

我對兒子們說
「來，腦力激盪
說說，為什麼整個游泳池只有我們三個人？發生了什麼事？」
「因為除了我們三個之外其他的人類都被入侵的外星人抓走了？」
「因為我們是臭鼬鼠，其他人遠遠看我們進來，就都逃走了？」
「因為有殺手要獵殺你，所以他們把這泳池清場了？」
「因為我們根本不是在泳池，我們泡在家裡浴缸，有游泳池這件事是你虛構出來的？」

其實
我想跟兒子們說
過去這幾年
每當夏天結束
他們又回到學校上課
加入那些分別了兩個月的同齡朋友
有好幾次
我都是獨自啊在這無人泳池來回游著
有時我會把身子壓在貼池底那淺藍磁磚處
耳朵會出現像鯨豚在海裡的聲納幻覺
似乎是必須把隔年就作廢的泳證格票用完

其實很多時候
我在那只有水波聲的泳道水面下笨拙的划水
似乎可以卸掉這人世無端加諸之暴力
譬如我父親過世後那半年的孤兒感
譬如無聊人世以訛傳訛讓我驚訝的某人說你如何如何喔
譬如只是坐在家中掛網
卻被那難以吞嚥的醜怪激怒
明明貪瀆且權力傲慢說出那麼惡的話的人
在前後來回的媒體修辭還能若是撥翻柔性感性語言
什麼捐出不法所得做公益
或譬如在戴立忍導演臉書看到
那個年輕狗仔明明瘋狂近乎攻擊的行為
肆無忌憚侵犯他人之家園、隱私
想跑被抓住手卻馬上喊要驗傷告傷害
這後面
像無人暗處，惡向膽邊生，亮拳頭恫嚇，強暴對方的姿態
之後還可以該該該
這樣的人物
不會意識到自己的臉
如果是在好萊塢電影裡
是那種讓觀眾憎惡到起雞皮疙瘩的橡皮靈魂反派嗎
我們是活在一個《蒼蠅王》那樣的原始部落時空了嗎
這種像剝開美麗的神物般的深海大魚
面無表情掏出牠的內臟將之擰斷的暴力感受
為何可以讓這樣的惡
羞辱已經千瘡百孔，某些唐吉訶德還想將之修補的
我們傻逼般的對同類的信任、柔慈，希望有尊嚴這回事

我想對兒子們說
每讓我在那池下含氯氣味的水裡
感覺到胸腔有一種莫名的憤怒
我會不自覺的划水、踢腿、張嘴含空氣再埋入水中
不意識自己那樣重複來回幾趟
那是一個那麼安靜的所在

游泳

小兒子說
「今天我們游泳課考自由式
本來我游得超好
但後來我的蛙鏡進水
於是我就去撞到隔壁水道的
不知為什麼又有別的小朋友
我們就像一群鱔魚在那翻跳
老師非常生氣
後來考仰式
我的蛙鏡又進水了
於是我的姿勢非常醜
像一隻老母雞溺水在掙扎」

我心裡想
「其實你是個非常棒的孩子」
我記得剛開始的時候
他非常怕水
他的游泳是那時的家教葛格老師教的
第一課練習閉氣
就是要不怕水把整個頭埋進水裡
但處女座的其實要越過某個障礙
是非常非常艱難的
當時在那游泳池

我看葛格老師好說歹說，他都不肯把臉埋進水裡
有時耍嬡像猴子攀在泳池邊的金屬梯
他簡直是一種像觸電的電力在奮力逃開
「要把頭埋進水裡」這件事
不知為何他小時候
我一直有種成見
擔心他變成一個懦弱而痞的人
但當時我父親過世
一種莫名其妙的孤兒本能在靈魂底層被啓動
我暗中要求自己（且理解命運）
必須要堅強，非常堅強
否則你會被莫名人世非常平庸無意義的小惡給滅了
你只有堅強才可能實現柔慈和慷慨
人世要讓你嚐嚐苦是啥滋味時
那個苦眞是錐心斷腸
我像所有的大獅子憂愁望著無憂嬉戲的小獅子
於是我可能擴大了我眼中所見
「這孩子性格中有孱弱的部分」
忘了他只是四歲五歲六歲的小孩

我記得我在泳池看著他
爲了搶到他不願被ㄠ，進入那個恐懼的形勢
竟戲劇化的亂撲亂哭
這使我震怒起來
不顧許多人的泳池裡
大聲斥罵他，並用父的更頑強的意志要他一定要克服這個
對水的恐懼

當時連池畔教練都靠近來不知這發生什麼事了
後來是葛格老師把我拉開
當然那次他終究沒有克服
但後來一陣子
他（夏天）在浴缸皆放水
自己訓練自己一次次把頭埋進去
（我避開不看，因那是男孩馴制自己的神祕時刻）
終於有一次
我看到葛格老師帶著他
在泳池一蹦一跳練習換氣

有時我會想跟兒子們說
「原諒過去某些時刻，那像魔神震怒的我
那時的我被生命打得太恐懼了」
當然沒有一個父親會對孩子這麼說
但孩子奇怪自有其神性
似乎我和他們的靈魂在時光中摔跤
我在傳授他們多角度領會一個比較寬的視覺維度
他們軟軟、無比信任壓在我身上
像小狗從不記大狗的恨
那有時反過來傳習我

不
有時爸鼻你錯了
不是強大才能柔慈
那是錯誤的描述和想像
也許神贈禮給他的生命

不是成為一個強者
而是一個無比自由者
嬉耍胡鬧，永遠來勁，充滿好奇
像一隻醜姿勢划水的快樂海豹

小惡魔菇菇

昨天一家去「貳月咖啡」
吃我心愛的的炸醬麵
美女姊姊跟阿甯咕討論起
她最近收藏的菇菇筆
還拿手機照片讓我們看她去日本買的一隻「兔菇」
老實說我完全不知這群看起來
很像我國四重考班同學的菇菇們
是何來頭
為啥小七要用它們做活動？
「貳月」美女炸醬麵之神、美狗島灰的媽
跟我們解釋
這是之前在iPhone上非常紅的種菇菇遊戲
像「憤怒鳥」那麼紅啊

我真是菇陋寡聞啦
回家後
兩呆兒果然立刻上挨配灌入菇菇遊戲
好像種著種著
培養出黴菌菇菇、水滴菇菇、蝸牛菇菇、融雪菇菇、甲
蟲菇菇、白兔菇菇、衝浪菇菇
聽得我頭昏眼花
小兒子還耍娥改變那挨配的機器時鐘
加快菇菇生長

今天中午
妻打電話給我
天啊她竟也淪陷
「爸鼻！你知道嗎，我種的第一棵菇菇竟然名字叫『方
吉』！」
「怎麼很像方白、方甯的兄弟的名字？」
「第二棵菇菇的名字叫『小白菇菇』！」
「那麼巧？」我說「不會第三棵叫『阿甯菇』吧？」
「不！不！你知道嗎？我種的第三棵菇菇
電腦上說它的名字叫『小—惡—魔』！」

生日快樂

雖然你是這樣一個呆瓜
又讓我憂心忡忡如此廢材
如何在未來的亂世
保有你的像大水壩一樣的快樂
但我如此愛你
非常感激很多年前意外有了你
且在一愁莫展、前途茫茫時
伸手接下了上蒼贈予的
古靈精怪的禮物
我有時感嘆
我都沒有你的能力
讓從前的我父親，如你給我的
溶解冰封之憂懼，惶然
像小太陽那樣的蹦跳跳的暖

世界末日那天別忘了說愛妳

小兒子昨天下午
和他最好的朋友S
還有S的父親
一起騎腳踏車去某河濱公園
（唉，我太混了，假日總懶得帶孩子去大自然走走）
晚上回來
他告訴我
「爸鼻　，今天我和S發生了好多事啊」
「願聞其詳」

「第一
我們在草地玩
發現一小橋下有一個洞
有一隻鳥停在那兒
那是隻鴿子
我們朝牠靠近
牠也不飛走
結果你猜如何
那隻鴿子只有一隻腳
另外一隻腳完全斷了，沒了
我們把牠抓起來
先放一個公園凳上
讓牠試飛

但牠都只能撲翅膀貼地面低飛不到十公尺
就掉落了
後來我們把牠放在一棵大樹下
讓牠可以吃樹果」

我心裡淡淡悲哀
知道這隻鴿子活不久了
「然後呢？」
「然後我們在一棵倒下的大樹幹邊玩
我用樹枝打一個突起
結果你知道嗎
跑出來至少一萬隻螞蟻
超恐怖！
我又去打另一個突起
又跑出我出生以來沒見過那麼多的螞蟻
又打了第三、第四個突起
媽啊都冒出像那麼多的螞蟻喔
第一個你還可以說是打到螞蟻窩
但連續五六個
真的很像打到螞蟻的新生小學啊
一二三四五六年級全部小朋友都下課跑出來啦！」

「唔，然後呢？」

「之後我們到一個水池旁
你知道那裡面滿滿都是白色的螃蟹
真的，很小隻
我和S就在那撈螃蟹
隨便撈都是
後來一個老爺爺在旁邊要我們把那些撈到的螃蟹放生」
「這倒是怪了？
還有發生什麼事嗎？喂你是不是在唬我？」
他說「我發誓都是真的！」

我說「你知道嗎
我今天遇到對門那家的阿姨
她說他們家的那隻黑貓過世了
她說牠的年紀太大了，應該有十五歲了
但兩年前他們收養那黑貓時
不是說才一歲多嗎？」
　這時連大兒子都豎起耳朵聽了
「爸鼻，你的意思是？」
「等一下，令爸要上網查一下
那個馬雅人什麼曆法說世界末日就在今年
我要看看是說今年幾月啊？
不要糊里糊塗世界末日已經發生了
我們還在這裡打屁
我要趕快打電話告訴奶奶我愛她」

「這位先生，」他們不敬的說「您也太敏感啦」
我說「真的，異象太多啦

今天雷雷睡午覺時還說夢話，而且放一種超腐爛的臭
屁……」
「唉呀你沒聽過『狗臭屁』嗎？」小兒子說
「而且關黑貓什麼事？牠是安享天年」
我說「這就是最可怕之處，牠明明才三歲
但牠主人卻認為牠是十五歲老死的
也就是說
世界末日造成了時空曲扭啊！」

只好摸摸鼻子去簽樂透十三這個號碼

今天和兒子們在家看《阿波羅十三》
當然頗感慨
這部電影應該也有二十年了吧
當初是在電影院看的
那時湯姆·漢克還是年輕小生呢
這之後的好萊塢電影造夢規格、資金、超現實幻境的虛
擬與宛然若眞之間的焊接術⋯⋯
眞是不可同日而語
那時坐在電影院的我們
如何能想像有一天
能看到譬如《變形金剛》系列、《阿凡達》或《全面啓動》
這種空間概念的巨大幻術呢
眼瞳被撐爆，感官速度調快、旋轉、光燄，巨大之喟嘆
《阿波羅十三》比起來眞的很「便宜」

但是太空永遠是會讓男孩們眼神變夢幻的劇場
對我的兒子們來說
那三個太空人被困在太空船裡
船艙損毀，電力不足，維生系統故障，隨時可能偏離回
地球航道
他們得在那太空中的無重力小太空艙裡
動手玩創意的自己組裝故障的空氣濾淨器
靠地面上的休士頓太空總署團隊

即興動動腦
從被無垠黑暗包圍的小小方寸密室
創造出繼續活下去且捱近地球的變策
我感覺他們真的被這部二十年前的電影吸引了呢

「爸鼻，那他們後來會活著嗎？」大兒子憂愁的問
我說「唉，這是部悲劇
他們一路奮鬥，度過各種難關
你以為他們會平安降落
但最後一道程序
那降落傘結冰了
裂成碎塊
他們從那麼高空摔下來
降落艙蓋打開
裡頭是摔爛三坨蚵仔煎
血肉模糊啊⋯⋯」
小兒子說「騙人！你一定是騙我們的！
哥哥，不要聽爸鼻的，上次他就騙我們《醉後大丈夫》
超好看
結果全在罵髒話」

但你發現他們其實被我說的憂心忡忡
對期待那不斷懸念的結局

只好摸摸鼻子
去簽樂透十三
這個號碼

竟是這三個美國太空人會被摔死

他們顯得很迷惑，悲憤

我只是想

生命怎麼可能像好萊塢電影演的那樣

從外太空一路摔下來

太空艙嚴重破損

怎麼可能不是噗、噗、噗三坨摔爛的血肉

我們那年代還真的在電視看到

升空的挑戰者號太空梭

在所有仰頭觀看的親人眼前

爆炸，變成火球，碎骸紛落海上

我小時候

我爸會跟我說他自幼喪父，艱苦奮鬥的故事

我媽會跟我說她悲慘但從不喪志的養女童年

我阿嬤則會說當時美國飛機來轟炸台北

大家躲炸彈把頭埋進淡水河

等飛機走了

抬起頭身旁全是浮屍

但我不太知道該跟小孩怎麼說

（令爸從前可是個艱苦奮鬥的廢材？這太怪了）

但我又想讓他們知道這世界是危機重重，生命是如履薄冰

但這種用心良苦

這種偉大的父愛卻得不到他們的理解

果然電影結束

三個太空人安全降落

畫面上休士頓哥兒們全歡呼擊掌

他們的老婆、母親、肚子裡的胎兒（喔弄錯了）
全相擁而泣
（他馬的我二十年就看過啦）
我那兩個兒子從鼻孔噴氣
看都不看我一眼的離開沙發
「哼，騙子！果然～」
居然那兩隻臭狗跟在他們後面
也屁顛顛，趾高氣昂不甩我
跟著兩小主人進房間了

只好摸摸鼻子
去簽樂透十三
這個號碼

也許是我作的一個三十年後的科幻噩夢

女：「快點挑一挑，回去了啦」

男：「不行，貨一出店，他們就不給退
很多在店裡看妊紫嫣紅，超有活力的，一回去發現
快噶屁了
我一定要仔細挑最便宜又新鮮滴」

女：「唉呦，從這個角度透視進去，你根本是在看店裡
那美眉的玉腿吧？
而且你老爸一個中風老人自己在家
你媽又出國，我不放心，我們在這看了三小時了
我怕他又拉了滿床單」

男：「放心！出門前我給他套了兩件紙尿褲，剉賽剉在
那上面沒關係啦
而且我幫他放了A片，他一定樂得流口水」

女：「但A片頂多一小時，你讓他後來這兩個小時一直盯
著『THE END』空鏡頭呆坐兩小時？」

男：「唉呦，妳處女座還我處女座啊！怎麼那麼囉
嗦？」

女：「是你龜毛吧？不就是幫你爸挑一尾『器官魚』
嗎？」

男：「好啦，妳看那隻紅色的『膀胱魚』不錯吧？
回去幫老爸安裝上，他三個月就不會閃尿了」

女：「甯咕哥，我們要不要別再省錢買這種大減價『膀
胱魚』或『肛門直腸二合一魚』給你爸了？」

要不要多花點錢買個『大腦水母』 幫你爸換掉萎縮
的腦？」

丟臉

我家附近的7-11
收銀櫃台旁放了一隻灰驢子布偶
我覺得非常眼熟
仔細想牠不就是小熊維尼的好友伊歐
那隻憂鬱悲觀，自怨自艾的小灰驢
好像是作為促銷發熱衣還是巧克力薄荷棉花糖
第一次小兒子看到牠腳上有一圓按鈕
一按下去
那驢子竟豎起耳朵，開始唱英文歌
整間7-11的人都轉頭看我們這邊
害羞的大兒子立刻奪門而出
後來每次走進這家7-11
小兒子一定都要去按那驢子
大兒子必然也奪門而逃

有幾次我跟大兒子說
「你要感激老天給你這個弟弟
磨練你的臉皮
你太害羞了
這將來會吃很多苦頭」
我記得他兩歲時
他媽剛生弟弟
我帶他去醫院探視

站電梯裡擠在人群中
我發現他頭垂得低低的
事實上沒有任何人在看他
我知道這個害羞是體質而並非是性格

今天晚上我們去師大夜市亂吃晚餐
在蔥抓餅的攤位前
老闆是一對中年夫婦
餅煎好後他把它攤在鐵板前讓客人自己擠醬油啊
辣椒啊、蕃茄醬啊這些
大兒子素有人群焦慮，一到人擠人的公眾場合便害羞不
自在
但小兒子卻在眾目睽睽下
用醬油膏在那蛋餅上
畫了一個傻瓜的笑臉：）
我看到大兒子立刻羞愧想死
掙離我們跑得遠遠的
還好有個大姐姐不知啥星座的
在小兒子之後，不肯輸人的用蕃茄醬瓶
把她的餅面畫成一個鳥巢（也許她只是貪小便宜想擠很
多醬？）

總之後來我們離開那攤位

大兒子跟我抱怨
「爸鼻
現在你親眼看見了吧
你老是說我宅
我是因為有阿甯咕這樣的弟弟
才造成了我今天的人格！」
小兒子則抱怨
「爸鼻你看葛格每次都這樣
他會把我丟下不管
自己就走了
好幾次都這樣
要是有一天我和葛格被抓去土匪窩
如果有機會跑
他一定會把我棄之而不顧
自己跑了
我只是小學生耶」

我非常詫異他會說出這樣的情節
我說
「不會啦
以你的個性
一定最後會和整個山寨裡的土匪
都混成好朋友
說不定有一天他們老大死了
你還被推舉為新老大
那樣你就可以罩我們大家了」

歐吉桑卡好

今晚和小兒子吵架了
主要是他最近在迷《射鵰英雄傳》影片（周迅演黃蓉）
我有幾個晚上從書房出去
或因最近過年沒寫每日稿
心裡浮躁
坐沙發他身旁一起看
忍不住便問
「那後來華山問劍究竟是誰贏了？」
「那楊康是怎麼死的？」
「他馬的郭靖這個屁人為什麼要當蒙古駙馬？」
「那這位死八婆又是誰」
小兒子後來被問煩了
會出現一種財大氣粗，不，過來人的傲慢
「ㄟ爸鼻你很煩耶，可不可以不要吵，你可不可以自己
看？」
連著幾天我都摸鼻子閉嘴
問題是他怎麼在江南七怪死在黃藥師老婆墓中
可以一一像說出他同學名字一樣
他是誰誰他又是誰誰
然後完顏洪烈身旁那些奇怪番僧他好像也很熟
但我卻覺得這馬的一點都不重要

今晚又是這樣對話後

我突然發飆了
或是大樂透又槓龜氣摸臍不佳
我痛斥他一頓
「從前如果爺爺跟我一起看電視
問我劇中人物情節
我一定非常開心稟告他
你跩個什麼勁啊
（天蠍八宮在蛇年從腔體竄出？）
今年不帶你去深坑放炮了
什麼東西！敢這樣跟老子說話！」
他忿忿哭著率領狗群去睡了

我有點慌張，後悔
好像我突然撕毀好友契約，翻臉變老爸
又覺得為何近日我在家的地位
連狗們都不太尊重
這就叫近廟欺神嗎？
這就叫歐吉桑卡好嗎？

沙發

沙發的扶手處
皮裂破了一個小洞
小兒子沒事用手指將那洞摳大一些
有一天
我們發現那個洞
大到，他可以將電視螢幕搖控器插立在裡頭
感覺那沙發變成像飛機頭等艙座位
一旁有手機插電座
今天晚上
我看著他逍遙躺沙發上看《水滸傳》
發現他作出一奇怪舉動
對著那沙發皮扶手一側
像在吸吮什麼飲料
不會吧？頭等艙升級成尊爵艙
居然有供應果汁自動飲水口？
那個舒愜啊，部落酋長的無上享福感啊
然後我轉到他的那一側
看到的景象讓我差點昏倒
他把沙發上那個洞
挖大到
竟可以塞一杯那種快可立茶飲的特大杯
他也真的在裡頭塞了一個特大杯的「百香QQ」
於是這沙發變成他的「超級指揮艙」嗎？

魯濱遜的小島，一旁躺著他的僕人星期五，黑狗雷寶呆？
我把他痛罵一頓
「要是我小時候也這樣，爺爺早把我打死了」
夜裡
他們都睡了
我發現忠犬端端表情怪異獨自一隻，趴沙發上
原來在守衛小主人的專屬奶嘴，不，尊爵飲料供給口嗎？
我說「端端，讓開！」
然後我躺下那已用了九年的老沙發
想像小兒子躺上頭那快活發懶的鬆快
忍不住
那從皮革破洞裡伸出來的百香QQ吸管就在頭上
我伸起脖子
嘩嘩吸了兩口
哇，感覺真不賴呢

宋高宗

才亂寫「上吐下瀉」
大兒子昨晚餐（可能中暑）後便上吐下瀉了
（現已無事）
我們一家走路回家
小兒子跑來小聲跟我說
「爸鼻
我跟你說一個話
但不能給葛格聽到
他會把我揍爆」
我說「好，說唄」
「你記不記得小時候
我發現葛格屬兔
然後是巨蟹座
我就說，喔您是「上兔下蟹」啊
葛格非常生氣
沒想到今天真的是耶」
但因他說得太大聲了
所以還是被他虛弱的大哥揍了

今天的小日記
我給小兒子題目是「靖康之禍」
總之，之後他嘰嘰呱呱跟我分析
宋徽宗、宋欽宗、宋高宗三人的關係

他說

「宋徽宗是個廢材老爸

金兵打到京城時

他怕被抓

就叫他兒子宋欽宗當皇帝

沒想到兩人還是一起被擄去金國

宋高宗是宋欽宗的弟弟

他在臨安即位，這就是南宋

後來岳飛差點打到金朝首都

但秦檜告訴他

如果，真的把失土收復

把你老爸、老哥迎回來

你還當啥麼皇帝啊？

於是他們兩個聯手殺死岳飛啊」

我說「聽起來怎麼有點耳熟？」

小兒子說

「ㄟ

對耶

爸鼻，就好像你和葛格被擄走

大將軍雷寶聰率兵北伐

快要把你們倆救回來

丞相端端來跟我分析這個大道理

我要不要救你們回來呢？」

我竟被說的微微焦急起來

「那你救是不救呢？」

不想這畜生真的陷入當皇上的美滋滋幻想

捻著並不存在的一根想像嘴角毛（像電影裡的奸臣）
說
「這俺倒要好好思量一下啊
畢竟您老和哥哥都不在家
我獨自率領雷寶聰和端端，太爽了
除非您給我三隻金兔
俺就派雷大元帥去救你」

我說
「放你個屁！
你這不孝子」
我在街上勒他脖子
他也假裝吐舌頭，假哀嚎
「救命啊！我被功夫熊貓霸凌啊」
果然被佘太君，不是，被他母親訓斥了
「胡說八道然後又當真
做老子沒個老子樣，做兒子沒個兒子樣！」

作業

老師的作業出題
將以下幾個詞組合成一個完整句子

「始料未及」＋「自嘆不如」＋「手稿」＋「寄予厚望」

小兒子寫的是
「寫作風潮開始
大家寄予厚望的小強
洋洋灑灑的寫下一幅精緻的手稿
詞句鏗鏘有力，簡潔精煉
恐怕連李太白都自嘆不如
大家始料未及的是
小強忽然對蟑螂研究產生興趣
退出文壇
令大家大失所望」

（我快被氣死了
這是什麼狗屁不通？
另外
我怎麼覺得他在譏諷我？
我是個過於愛猜疑的人嗎？）

班長 1

小兒子回家說
他被選爲班長
「什麼！」我深受打擊
我從小到大
只有在高一時
因爲導師要讓我抵銷被記滿的大過
讓我當了服務股長
除此之外
我一直是賤民……

「你、你們班完蛋了吧？」我和他大哥都憂心忡忡啊
權力讓人腐敗，官位讓人講話捲舌兒
這個小痞子
每天到學校就是和他的爛哥兒們去撿椿象、甲蟲幼蟲、
玩蜥蜴的廢材
連絡簿每天都歪歪斜斜寫著
「老師，我可以拿回我的漱口杯嗎？」
「老師，我可以拿回我的足球嗎？」
「老師，我可以拿回我的蠶寶寶嗎？」
這樣的人
什麼時候有「班級」觀念啦

但他突然（尾巴都翹起來了，眞不爽）

講話超優雅的說
「我也只是上台發表了一番政見
沒想到，大家都把票投給我了」

「你的政見是啥咪？」

「老有所終
幼有所長
壯有所用
鰥寡孤獨者，皆有所養」

「他馬的你是指你的蠶寶寶吧！」

班長 2

我母親今早打電話給我
劈頭便訓斥我
「阿甯咕當班長
是我們駱家的榮耀……
你爸如果在世
一定得意得不得了
為何你卻唱衰他？」

我喊冤說此話怎說
我很開心哪有唱衰他？
原來母親以前的同事的女兒上臉書
看到上則，輾轉電話相告
臉書真是無遠弗屆啊
我說唉呀臉書都是胡說八道嘛哈哈
母親語重心長的說
「當老子的要有當老子的樣子
你想想
當年你得那個小文學獎
你爸就開心成那樣
如果你爸那個時候有這什麼臉書的東西
跑上去亂寫啥麼我兒子是傻瓜，這一定是弄錯了
你會不會崩潰？」

說的也是
掛了電話我認真反省
我這兒子如今爬到班長
其實也是從基層慢慢幹起
從他一二三年級起
每次開學後一陣我問他可有當選啥幹部
他很怪
總是志願去當掃廁所的
而且小學生掃廁所的竟還像衙門班，精密分工
有刷小便池的
沖水的，擦盥洗台的
最專業像老匠師技藝的
是「孵大便的」
我記得我們第一次聽這職稱
雖然覺得有點刺耳，但還是微笑鼓勵
「每個工作只要服務人群，都是尊貴的」
問題是這小子似乎是熱愛這份工作
每次開學，他都自動舉手要當
「孵大便股長」
「那到底是什麼樣的工作內容?!」有一次我忍不住問了
「就是廁所裡有一些小朋友的屎
乾了、硬了，很難刷起來
這時
就該我們這樣的孵大便小組長上陣了
我會拿一張一張淋濕的衛生紙
敷在那大便上，耐心等它被敷軟
那時拉繩一沖就沖掉啦」

搞半天是「敷大便」（敷臉的「敷」）
我小兒子在當上班長前
一直在幹這行當

親師會

妻去參加大兒子阿白的親師會
這種會，從我孩子們念幼稚園時
就不准我去他們學校參加
就像丁小雨應該也不肯丁大丙出現在
她同學爸媽的面前吧
（不過，誰想去啊！哼XP）
妻回來一臉凝重
好像去參加了「世界末日教派」的聚會回來
總之講了許多吾聽不懂的術語
好像所有孩子的爸媽（除了我）都非常緊張
他們一整晚聽老師說了許多複雜的公式
妻跟我說了許多A啊B啊C啊D啊
我突然想起
「對吼！阿白明年要升高一了！
但是，聯考不是早廢除了嗎？
現在是什麼一個升學的制度呢？」
我把大兒子叫來
裝出父親很關懷孩子教育的臉
（事實上，我老爸，是個老中文教授
小時候念私塾背古文的
從小對我們嚴厲
我大三那年的某一天
恰只有父子二人在家

他不知從報上看到類似「親子要談性教育」
這種時髦玩意
把我叫去
支支吾吾問我
「我知道我們家孩子都很純潔
不過你有沒有像人家那個
學那個
嗯
自慰
咳咳，那種事兒」
他馬的，作為未來的阿甯咕的父親
我一臉天真爛漫
「那是什麼啊？」
我父親立刻弱了
很後悔，但又放心說
「沒事，不知道就好」）

我對大兒子說
「好好用功！
現在北一女或中山有收男生嗎？」
溫柔的妻和內向的大兒子正要臉孔扭曲
我忙說
「開個玩笑，別那麼緊張嘛」

「話說回來，要好好用功啊

這一年，拚一下

看能否考上成功高中

當你爸和中中阿杯的學弟

雖然我們都是重考才考上的

而且我後來還沒畢業

（辛酸的哭了）

而且還兩大過兩小過兩警告留校察看

阿白

拚一下

說不定你進了那學校

有混混學長找麻煩

你還可以報我的名號

雖然當年找我麻煩的那些教官山豬長毛

可能都不在了

但查查學校檔案黑名單應該還查得到啊」

他們母子不理我

喊喊蹴蹴討論什麼模擬考的落點

「那是啥？」

「你不懂不要亂吵，去跟阿甯咕玩」

「我知道那個啊

當年我高三時

跟我哥們在四樓走廊趴圍欄看下面籃球場鬥牛

我哥們一臉憂鬱

說他模擬考全校排名一千出頭

這樣可能考不上大學

我說有這種東西？

把他那張大紙拿來看我的學號在哪個落點

你爸爸，在全校排名是1234名這個數字喔

真的，所以我記得超清楚

那時我們那屆成功高中的高三人數

就是一千兩百三十四人

你爸那次居然是全校最後一名」

他們母子都不可思議看著我

連小兒子在沙發看柯南都崇拜的抬頭

那個靜止的畫面

如果是電影

應該窗外雷電閃閃，一陣陣霹靂

「哈哈」我說

但他們都很嚴肅看著我

「我又從來沒說我以前是好學生」我說

「大家來吃我冰凍的榴槤？很像冰淇淋喔」我說

然後小兒子說

「奶奶真是個慈母啊

你還敢說我是小廢柴？」

這就是秋刀魚之味嗎？

憨鴨

小兒子說
「今天我和一群同學
在二樓走廊踢一隻黃色塑膠鴨
踢一踢就掉到一樓
我們跑下去撿
一個老師經過問我們
我就『說服』那老師這鴨子是本來在一樓的
拿上去我們又不小心踢下來
第三次就沒這麼好運了
一群幼稚園的小朋友恰好經過我們的鴨子邊
我們從上面喊『喂！那是我們的鴨子』
但他們不理會我們
嘻嘻哈哈把它撿走啦」

我問小兒子
「是那種洗澡鴨鴨嗎？」
「不是，是實心的，會沉下水的」
他繼續說
「我們不再抱希望，只好踢一些替代品
譬如一隻塑膠烏龜，還有一個塑膠迴力球
但我們還是很懷念那隻黃色塑膠鴨
因為我們還替它取了一個名字，叫『憨鴨』
我還用蠟筆把它翅膀的部分塗成綠色

這時
有個同學來告訴我們
那群幼稚園小屁孩把我們的鴨子
送到訓導處去了
我們就派出我們這一群很少露面的（雖然我不懂他這是
什麼意思？）
叫他假裝去訓導處失物招領
這個傢伙
竟在失物單上『遺失物名稱』填上『憨鴨』
還從訓導處的窗子伸出頭來
叫我名字，問今天是幾月幾號？
那裡面很多老師都狐疑的看我們這裡
害我冒一身冷汗」

很多時候
是我接小兒子放學
和他在頂樓給盆栽們澆水
放悶了一天的狗兒撒歡跑跑
我總是心不在焉聽他咕嚕咕嚕說一些學校發生的事
其實我很愛聽，但總裝出一臉冷漠嗯嗯敷衍的沒表情
仔細想來
我小時候，或大一點之後
和父子二人獨處時

都是父親說他的故事，我聽
我好像不可能跟父親胡說八道一些廢話
結果當了老爸
奇怪還是我聽，兒子說
我好像沒故事好跟他們說
總在最後像總結加上一句
「他馬的送你去學校念書不念
成天給我『踢憨鴨』嗎？」
然後收水管領著他帶兩隻吐舌頭傻笑的狗兒下樓

瓶中信

小兒子說
「我今天在學校
和另外兩個同學
挖後門那裡的泥土
挖出一個玻璃瓶
裡面藏了一張紙
是一個小朋友許願將它埋起來的」
我說
「真的？
那張紙上寫什麼？」
「寫，希望不要因為我是美國人
大家就不跟我作朋友」

「啊，好悲傷
是用英文寫還是中文寫？」
「中文
然後呢
那兩個同學竟然把那個玻璃瓶打破」
「太可惡了！」
（我常懷疑他每次說的
「有同學如何如何，幹了什麼壞事」
其實他就參與其中
因為我小時候就是這樣的

說的好像自己只是個旁觀者）
我腦海浮現一個悲傷孤獨的男孩
偷偷在校園挖洞
埋下這個如此簡單的願望
我想到《我的野蠻女友》
這樣的畫面有一種蠟筆畫般的簡單元素
讓我鼻酸

「但那張許願紙呢？」
「他們有找到一個塑膠的蛋形容器
把它裝進去
再重新埋回去」
「是養樂多空瓶嗎？」
「不是，是轉蛋的空殼」
「然後我就幫他們一起挖一個中形的坑
這時我用樹枝戳到一坨狗屎
我就不動聲色去騙他們
欸那有一堆土不錯
去挖來埋這個坑吧
他們就傻傻用手抓狗屎
當成土堆上去
然後我說「你聞聞看自己的手」
他一聞
嗯——都是大便的味道……」

我心裡想
搞了一圈

原來這小子在告訴我他實行了某個「非法正義」
用他的方式懲罰了打破人家許願瓶的壞同伴
我說「那也算給他們一個小小的教訓」
但他接著說
「然後我們三個就等在那兒
有同學走過去
我們就騙他來挖挖看這坨其實是大便的土
我們這樣騙了六七個小朋友
我都要他們聞聞看手上的大便味」

「搞半天你們是一夥的
根本沒在主持正義！」
「哪有！我也裝作手也抓了大便
也假裝很臭
不然他們會揍我耶」

投幣式廢話拉霸機

一家人在「貳月」吃晚飯時
和妻感慨亂聊
下一代是否終將失去
緩慢閱讀紙本書
那種無時間意識，悠悠晃晃
一頁頁翻讀某本書的幸福時光了
「我們這兩個呆兒子，算從小有看亂七八糟各種書的習慣」
我轉頭對大兒子說（其實就是又忍不住衝滴小孩）
「阿白從小看的文學書，就比廢材弟弟多
若非你過去這一年迷上電動
原本啊
可能是個像蘇東坡那樣的人才……」
沒想到小兒子立刻接下去
「結果變成了東坡肉」
大兒子當然氣得兩眼圓睜
「爸鼻，我可以揍他嗎？」
但我實在驚奇於他弟弟廢材喇賽的天分
故意又說
「原本可能成為曹雪芹啊……」
「結果變成炒芹菜加雪裡紅啊」
這──簡直像投幣式廢話拉霸機
我又試

「本來會變托爾斯泰啊……」
小兒子像合音那樣一秒內就說
「後來變脫內褲老太太」
「本來可以當大唐李白啊」
「結果變棉花糖阿白啊」
他大哥已快在靜謐的「貳月」
失控爬過桌子揍他了
但我實在玩得太開心了
「本來好好栽培你，變駱以軍啊」
這時妻突然插嘴
「唉呦喂，感謝老天沒有變～
阿白，我的好兒子
媽支持你打電動」

公寓

我家公寓一樓
住著一個獨居老阿嬤
非常老非常老
我八年前剛搬來這時
感覺她就八十幾了
（現在應九十幾了？）
極瘦小
我有時在巷口和平東路上看見她踽踽獨行
真的像燈苗感覺風吹吹就滅了
她只會講台語，跟你說完話會日式鞠躬致意，並加上一
句日文敬語
我也不曉得我的破台語
她為何特喜歡看到我，便抓住我哈拉
我想九十幾歲的獨居老人
應是在一絕對孤獨、害怕之境吧
她家的圍牆上
纏繞著一圈圈上頭讓人驚恍的利刃小刀片的鐵絲
想是連翻牆小賊於她
都可能會是無人知曉的兇殺案
每農曆年她好像都會去姪兒家過年
她都會拜託我和妻
幫她把信箱淹出的廣告單抽掉
也是怕賊惦記

我是會疼老人的
但其實我是牡羊式害羞
並不擅和阿嬤哈啦
會使的台語都是表達善意的浮泛問候
「啊這天揪熱耶」「啊阿嬤汝看起來精神抹麥喔」
反而平時在人際關係極內向孤僻的妻
非常會和老阿嬤哈啦
（所以我極喜歡陳淑瑤《流水帳》那悠長天光
少女像哄小孩陪阿嬤聊天的素描）
有一次妻告訴我
阿嬤以前是台大（她說是台北帝大）醫學院的
她說她以前在台大教書
我們這一帶的老人原就是臥虎藏龍
但就如《百年孤寂》裡的大嬤嬤易家蘭
就算整個到六十、七十都精神奕奕
有上輩的教養和見過大風大浪
然九十多了
孤家寡人
世界跑的都是不識她的重孫輩的
把她當卡哇伊小公仔玩

這於我這故事癡當然是一個豐繁華麗的時光抽屜
我應該多陪陪她聽她說故事的

但我真的太忙了
匆匆出門，回家
有時她不知怎麼聽我出門（砰關上我們公寓鐵門）
會跑出來，非常靜美有禮跟我打招呼
但我雖言行溫柔，仍讓身體行成一行色匆匆趕赴什麼約
的姿態
就溜了

我公寓的二樓住著一位外省老先生
應也是八十幾歲
外型也是瘦削，帶畫家灰呢帽，尖下巴，戴眼鏡
其實有點像卡通《膽小狗英雄》的男主人
我剛搬來還很硬朗
但這兩年可能生過一場大病
坐輪椅，且目光較內縮
由老妻（但較他年輕許多）攙扶下樓梯
他非常溫文儒雅，我喊他北杯，要兒子們喊爺爺
他都很開心。欸，很有禮貌，這小孩教得好哇
但我說不出的覺得他有一種大人物的神祕感
覺得如果是像《葉問》這樣的武俠片
他一定是精光內斂，內家功深不可測的頂級高手
偶爾假日有一些中年人來拜訪他
也是一種我說不出的時光錯差的氣氛
像我小時候在父親的外省圈子又極特別的一群
感覺都是他昔日門生
帶的中年女眷還偶見穿旗袍的
都有一種那麼大的人了，相約來探望老師的惶恐

我內心想，老爺子不是情報高層，就是個曾真正有打過
歷史戰役的將軍吧？

但年紀也不太符

有一次去青康藏書房

老闆何大哥說

你樓下那某先生是大人物啊

他還去跟他要一些資料

之類之類，但不是軍方這系的

但確是大人物（我也不便在此多說）

有一次

在附近7-11遇見夫人推著老先生的輪椅

我和小孩都打了招呼

夫人突然來對我說

「駱先生

我們某先生有一本回憶錄要贈給你

看你哪天方便來家裡拿一下」

還是老派的教養，因為要題字

連贈書都非順手之事，是慎重以對

這反而我左思右想

拖延著

其實下樓按個門鈴不就是了嗎

但我總內在羞慚自己的粗野

不知何時去不失禮（譬如上午去，若老先生是晚起的；
下午去，若他有午睡習慣

晚上去若撞見人家晚餐？白天樓梯間太熱，但晚上會不
會早睡？）

要不要帶啥伴手禮？怎樣不失禮？要不要題一本我的爛

書回贈
這些心思讓我精神耗弱
反而遲遲沒下樓
非常小的一件事
就把我弄得顛倒錯亂

我想這麼小小一間舊公寓
就可以因主人老去而不那麼防衛
願意伸出對不同時光人類的友誼
譬如韓片《老男孩》那人被關禁十五年吧
第一次放出來時
在公寓頂樓遇一正要跳樓的男子
這城市魯賓遜像怪北杯跑上前愛撫那正要自殺者的臉
「人類啊！是人類啊！」
但我卻被這樣豐饒的老時光故事者
覺得禁不起那樣的親愛允諾
這種遺憾和負疚
不是「我」這個人犯了什麼錯
而是「我」缺漏了可以自如愛惜他們而不逾義理的教養
訓練
他們的老人直覺沒錯
我比這城市更多的其他人更是理想聆聽者
但我的構造錯了，這理想聆聽者的顯微之耳
身體（或時間）卻被我的家庭？小孩？寫稿的夢支配分
光了
如果我還在少年時光
或會進入一長時間儀式的漫晃陪伴（如我老婆或陳淑瑤

小說裡的女兒們）
我或不會困在這張口，舌頭卻猶豫思量的癱瘓吧

「無話可說」

好像變坐在戒酒協會裡
輪馬修，說說自己和酒精對抗，或再次被狠狠擊倒時
招牌會說的一句話
這個置入場景的孤怪
會讓其他放下戒心
在這「哥兒們都是腦神經被酒精摧毀
無力獨自戰鬥
因之來此放下社會化身分
扮演成小學生圍圈圈那樣的柔弱天眞」
只聽不說的孤僻者
讓他們顯得傻逼、徒然、反證了世界怎麼可能因你們的
假親愛
就眞的無害了呢
那爲什麼來呢？
「因爲我仰賴陌生人的慈悲而活」
我坐在這群故障品中間
比坐在那一家酒館裡
繼續喝著
要好一點點
而且一群因自己酒精中毒而心慌，覺得「要戒」的人
比其他互助小團體
往往更無害，更容易淚眼汪汪

不強加自己的善惡信念給別人的善良鬼

「因爲我已是一條破抹布那樣的人間失格者」

這個可以把「走進戒酒協會，坐在他們之中，卻不發言」

變成一風格的靜止劇場

後面當然是因爲有那樣一座匆匆人影、街景

如鐵灰色厚重油漆的無言的大城市

馬修——私家偵探的移動運鏡

目睹應該爆炸，冷酷異境裝塡在無人大驚小怪角落綻放

的，惡之華

紐約

在這樣的職業，拼組故事碎骸的選樣，路徑，和他人生

命史切面打交道的方式

他所描繪的必是一座死者之城

譬如《六呎風雲》殯葬師所圖描之城

DHL、披薩外送小哥、鐘點清潔婦，在城市不同旅館經

過櫃姐按電梯樓層的應召妓女、計程車司機

他們各自截面，所拼出的城市

放大放小慢播快轉比例尺

所以「不說」的表演

一如從前無巨大、垂直、繁錯人心地層頁岩之城市

唯以史，以虛有之辯，像讀硬碟機跑一輪人類所有行

爲、心像、情感和時間的疊加互沁

如那些禪僧

南泉斬貓

悲歡交集

但爲何不講，又將弟子聚合於禪院？

是因爲一個「參照系」的像外太空將一只太空站和高速

相向的太空梭結合
要把一個字、一句話、一部哲學大全或大藏經
像一顆鋼珠，安放在那描述這無限、難以言喻，又持續
變動，宇宙的筆尖
如何表演一個巨大的，剎那時光，瞬現即逝？
一個臨終的連續殺人犯，一個屠殺集中營的倖存者，一
個曾讓全世界瘋狂的搖滾巨星
他們問他
他說「我無話可說」
說壞了說錯了
反不如不說
常因只是找不到合宜的說話，細微對位的簧片
太盛大
過於喧囂的孤獨
不過在卜洛克的小說裡
馬修在他好友米基巴魯的酒館裡
其實他倆話還蠻多的

好東西

之前提過
在我家公寓樓下住著一位九十幾歲的老先生
非常有學養，氣度非凡
夏天時曾邀我至他家小敘
並贈我一本談京劇的著作
當時老先生跟我提到兩本舊書
說他找許久找不到
後來腿不方便
更不可能了
一本是《細說北洋》
一本是《細說民國》
有次我遇到青康藏書房的老闆何大哥
跟他提了此事
不想過一陣子
何大哥說找到《細說北洋》
囑我轉交給老先生
（他也不肯收錢）
我按電鈴交給老先生的女管家
前幾天
在路上遇到這位女管家
她說，老先生又有一本書要相贈
請我找天過去跟他聊聊
確實夏天過了之後

我不曾再在公寓樓梯間

遇到他們一群人

連輪椅抬老先生上樓或下樓了

心中也淡淡有一絲擔心

想是身體狀況更不如前了吧

因之那天

決定要去按門鈴拜訪

臨出門前不知怎麼又耍起宅啦

其實就是走兩層階梯的鄰居

但我磨蹭著演內心戲

唉唉，結果也沒細讀上回老先生相贈的那本書

萬一他問起讀後心得怎麼辦？

後又想起

慘了，也沒帶個伴手禮

作晚輩這樣空手登門

是否很不禮貌？

他是我父親那輩人（年紀比我父親怕還大上好幾歲）

我卻不知面對那輩老人

該執什麼禮

在客廳穿好外出服、鞋襪

但就是來回盤桓，嘴裡咕噥

出不了門

兒子們約被我轉得頭昏

我想我在他們眼中
是個奇怪的生活白癡
我不斷哀嘆
「唉唉，家裡也沒個能拿去當伴手禮的」
後來小兒子就跑去翻廚房有一排置物櫃
過了一會
我聽見他像古代喊「恭喜老爺金榜題名！」的報馬仔
在裡頭大喊
「好東西！有好東西啊！」
拿出一只茶葉筒
看去真的頗稱頭
古色古香，還有蠟紙封，罐子一看就是高級品
一定是什麼人送的
妻捨不得，把它藏在櫃子裡
上書
「武夷山大紅袍」
我眉開眼笑，說
「好孩子，立了大功啊！這可以拿去當伴手禮啊！」
但一看保存期限
兩年
再看製造日期
挖勒！
二〇〇四
「他馬的這不行！這過期都八年了
陳年老茶也沒這麼久
待會害老爺爺喝了嗝屁了
快！拿去丟！」

過一會，又聽他喊

「好東西！又找到好東西啊！」

一看

精美包裝的硬殼禮盒

「天綠果苦茶油──來自大自然的稀世珍寶」

「ㄟ✓～這個好

最近油好像弄得都有毒

這個恰好顯得我用心

看不出你個小屁孩還挺機靈的」

一看盒底，保存兩年

製於二○○○年

「這、這是壺底油了吧？應該都成膏狀了吧？

這是什麼年代的阿扁就職紀念油嗎？

這送去會被趕出這間公寓吧

拿去丟掉！」

之後這半小時吧

他又持續、歡快地從那（小叮噹萬能口袋嗎？）

奇幻的櫥櫃裡

挖寶那樣拿出各種「好東西！好東西啊！」

西湖龍井茶、阿里山茶、酵素、看起來很像外國高級品

的玻璃罐手工果醬

全部都過期八年以上

只能佩服他母親收藏名貴禮盒的功力

小兒子說

「媽咪好像一隻土撥鼠喔」

「想死啊！我一定面奏皇太后

而且，土撥鼠是挖洞穴好嗎

愛藏堅果度冬是松鼠耶」

總之

這挖寶藏的活兒讓他可嗨了

不斷亂挖出連他們小杯比時的奶嘴水壺

也亂喊「好東西啊！」

我說「送這去給老爺爺，你想我被他從輪椅站起來狂揍嗎？」

最後

他挖出一只「京兆尹」的鐵盒

大紅牡丹紋燙金

「啊這是啥？」

「好東西咩」

我們打開

發現裡頭塞得滿滿的舊照片

許多是妻少女時期，無憂無慮在澎湖的照片

還有娘家人二三十年前在澎湖的各種照片

還有阿白阿甯咕小嬰兒的照片

甚至還有他們在母親子宮模糊胚胎的超音波底片

也見到他們小時候那隻小狗（後來死了）妞妞

往日時光的暈黃感，我一時翻看也入迷了

「哇！這是媽咪的祕密月光寶盒吧？」

我拿起一張照片

上頭是眼前這少年

約幾個月大嬰孩洗澡的裸照

肥嘟嘟的，露著光雞雞對著鏡頭

我說

「這次期中考再考那麼爛

我就把你這張恥辱裸照貼上網公諸於世」

這讓他急了害怕了

「爸鼻，ㄟ，怎麼可以這樣？

怎麼可以威脅小孩？

我一直在幫你找伴手禮，怎麼這麼不夠意思？」

一直來跳搶，搶不到

我超爽超開心的說

「好東西啊！真是我們駱家的傳家之寶哇！」

老先生

今天下午先去「青康藏書房」
拿何大哥又找到的
黎東方的《細說民國》
何大哥又說「送老先生（就是我樓下那位神祕老爺爺）
欣賞」
之後去小學後門接小兒子
然後要他陪我去對街新東陽買
豬肉鬆和雞肉鬆禮盒
（我、我真的不知道要送九十多歲長輩啥伴手禮啊！
想像著老先生偶爾早餐吃稀飯配這個應該還可以？
也衝動過在一旁中藥鋪買個西洋蔘禮盒之類
但我也不懂蔘這類玩意
確實最近阮囊羞澀
便作罷）
小兒子趁機揩油
拿了一盒健達傻大呆巧克力
過馬路時
他想把那剝下的巧克力包裝錫紙垃圾
偷扔進那肉鬆禮盒袋裡
我斥喝他
「他馬的你要害我被老爺爺覺得我瞧不起他嗎？」
這混蛋裝成老頭子的聲音（真的很像）
「喔～樓下的那個駱……先……生（咳嗽）啊

看起來很凶惡
原來這麼幼稚啊～
吃這種幼稚的健達出奇蛋巧克力啊
這是我孫子的孫子才會吃的東西哪～」
我沒被他氣死真是洪福齊天
他接著說
「爸鼻
我發現你從很早以前就破戒了」
我以為他又要提我某一次
吃了小史的夜晚夢遊狀況
吃掉一整罐豬肉鬆的往事
但他說
「從我們很小的時候
吃嗨啾時
你就會把我們搶去，不給還勒我脖子
上次我看嗨啾包裝紙寫『內含明膠』
明膠是什麼做的你知道嗎？
豬油啊！作孽啊！你吃了上萬顆嗨啾了吧？
你這個偷吃葷的花和尚啊！」
我真是七竅噴煙
「你知道維力炸醬麵有一種素的
我吃的，都是『素嗨啾』啊」
「屁啦，我才沒聽過有『素嗨啾』這種東西」

我想揍他，他跑上公寓樓梯
讓我追不到
然後我們站在二樓老爺爺家門前
按電鈴
女管家來開的門
很開心去攙扶老爺爺出來
我恭敬的遞上那幾本《細說民國》和肉鬆禮盒
說何大哥說老先生想看什麼書他都可以幫忙找
老爺爺呵呵笑得很開心
我偷踹小兒子
他也乖乖鞠躬「老爺爺好～」
老先生更開心
「哎噢喂，好乖，好乖
這駱兄啊（他這麼喊我也很不知所措）
你這孩子教得好啊
有禮貌！好！」
我說「哪裡，皮得不得了」
老爺爺說
「很乖，非常乖，教養好」
後來我們告辭
往樓上我們家走
聽老爺爺家鐵門喀啦關上
我們父子又在樓梯間扭打起來……
這真是個老有養，幼有序的社會啊

極發福

年前孩子們寫春聯，大兒子中規中矩寫了些
「新蒲楊柳春風裡　萬戶千門和氣中」
「江山增潤色　詞賦動陽春」這類老實句子
小兒子則亂寫一些無意義的空字（或他認為這些字很酷吧）
年節中，我盡在忙著包狗屎狗尿
等某天定下神，發覺我書房門口被貼了「拼字」
「極　發　福」
我把小兒子叫來痛斥一頓
他才淚眼汪汪
把上頭字和下頭字對換了

扯鈴

小兒子吵著要買扯鈴
說學校扯鈴課要的「必備品」
之前盧我，我一聽三百塊就不理他
後來妻帶他買了一顆
我回家看到不知那是啥
大聲斥問
「拾荒甯，你又去哪撿來這上下雙頭
的通馬桶吸盤器？」
當然我立馬被他母后訓斥了
小兒子裝作「扯鈴運動推廣和平大使」的正派嘴臉
問我
「爸鼻，你小時候玩過扯鈴嗎？」
我心中暗想「扯令老杯」
但因扯鈴還得捧買鈴人
不，我是說，看情勢這扯鈴是他媽買的
此刻不容我貶損這怪玩意
我說
「哎啊
兒子你有所不知啊
你可問對人啦
你爸爸當年，是中華民國扯鈴國手啊！」
「那是什麼？」他露出半信半疑的表情＝＝
「就是他馬超強

你看過《少林足球》吧，就那意境

只是我們是用扯鈴對射啊

單手扯、用腳扯、倒掛金鉤扯、肘扯、膝扯、頭槌扯

劈哩啪啦亂扯

那個鈴在空中飛來飛去

整個的眼花撩亂、滿天飛鈴啊

還有一些花式的

飛碟扯、蜂鳥扯（就是停在空中打旋不墜啊）愛因斯坦
扯（就是E=mc²，變一道光不見啦）

妙手空空兒扯、觀音扯、太白扯、波斯扯、鬼扯、霸王
扯、東扯（日本風格）西扯（法國風）南扯北扯

有一次我們和巴西扯鈴隊戰得難分難解

天上一隻老鷹飛過

你爸我，刷啦那繩一抽緊一放鬆

崩茲大砲朝天飛去

刮刮啊啊把那小牛大的老鷹一個呼通打下來

從此我在扯鈴界就有了『降龍十八扯』的名號」

孩子的母親已不耐煩進書房去了

剩下這小子兩眼發亮聽我胡扯

我心中難得浮出一縷舐犢情深的溫情

「到最後，還是這小混帳捧我的場」

不料他跟我說

「那你們那時候有人會九彎十八扯嗎？」

我說「是九彎十八拐吧？那是北宜公路吧？」

「那有沒有烈空座扯？蒂牙盧卡扯？帕洛奇犽扯？鳳王扯？阿爾宙斯扯？」

「這是神奇寶貝吧？」

我突然發現這小子是把我當精神病院的瘋子在唬弄我吧

我忍不住怒吼

「聽你在亂扯！」

這混帳，裝成一個老頭子看到無藥可救之後生的臉＝＝

搖頭嘆氣，捶背，慢慢走回臥室

「唉，杓鈴不可以扯也

中華民國扯鈴隊？哼哈」

剩下我疑惑的坐在客廳

「什麼意思？你說那是什麼意思？

你臭小子給我出來說清楚！」

輯四

夜晚
暴食暴龍

孩子

孩子們明天就開學啦
這樣一年輪轉過一年
他們就漸漸大啦
他們明天要去上學（這兩天都在趕寒假作業）
我也鬆了一口氣
但還是有些悵惘
想想十年前
如照片中的階段
我好像都在逃離他們
因為完全沒預想規畫成為父親的角色
不進入職場
滿心是對二十歲時許的願（寫小說）
像在泥灘沼澤裡奮力抬腿前進
當時住深坑
然我還每日開車到木柵或公館咖啡屋寫稿
說來他們五歲以前
似乎都是在母親的翼護下
父的角色常是心不在焉的
其實回頭看都只是執念
做不到的
再烙印勇士、盔甲不下身前進
也是惘然
我想我從三十以後

幾乎沒有頹廢、鬆懈過
（除了這之間一年來襲一次就停機兩三個月的憂鬱症）
除了這個農曆年

一些朋友看我臉書
以為我是交遊廣闊之人
其實我命中帶孤辰
日常非常多時間是在自己獨坐中流動
我至今到人多之場合還是非常焦慮、怕生
但哥兒們久久一聚我又是要寶的
說來這幾年
我最長時間相處的好朋友
打鬧玩蹭在一塊的
就是這兩個男孩
做為父親
我難免會擔心他們性格裡的小缺陷
會不會長成我不喜歡的那種大人
（譬如自私、對他人痛苦缺乏想像力理解力、對置身處
境缺乏創造力、耍小聰明種種）
有時我獨自在夜裡
看了某部非常悲哀的電影
被那絕望的靈魂視域浸泡在非常深的冰冷裡
雖然那樣的我止不住「這就是生命」的哆嗦

但我自知已如一台鑿井機
我已知道如何避開壞毀，在黑暗中前進
但是有一天他們若能看見那一切
他們夠強大到可以用黃金之心
修補，原諒，療癒，或砥礪自己更強大更柔慈嗎
我和他們玩在一起
其實內心常多一分祕密的憂慮

然很多時候
我睡他們身旁
看見他們像天使的臉
心中充滿感激
「眞是兩個好孩子啊」

制裁

我認真的告訴孩子
菲律賓海警殺我漁民非常可惡
但是，我們對面的菲律賓阿姨是非常好的人
幫過我們許多忙
而許多跟我們一起同仇敵愾的人們
包括我們
如果更長遠的觀看人類的行為
可能在離海洋非常遠的城市裡
像夢遊般做出傷害人而不自覺的事

永遠不要把自己放在那個安全的圈圈裡而繳械了
你該面對的，流動、繁錯的思考
譬如現在我們父子仨
是在菲律賓的城市裡
寄宿在上百萬我們分辨不太出他們的長相的
街道、人家、公園
國家和國家開幹了
我們會不會恐懼不安
像活在別人的夢境裡，不知他們是怎麼看我們？
我們會不會希望
這四面八方的菲律賓人
其中有一兩個人
仍然溫暖的和我們微笑，用眼神告訴我們

沒事的
我們必須先是不違背善或正義的人
或者
我們是否其實是這國族描述下
不舒服的，某種國家意志劃出的怪物
我們看了很多外星人攻打地球
半獸人強獸人攻城的奇幻戰役
那使我們（包括我）看到我們的海軍出巡
會有一種看科幻電影或經典賽棒球的快感
但這個「等對方道歉」「硬起來」
知道對方海軍比我們爛很多的外野觀眾席的演劇
我們分辨得出後面那終會虛無、茫然、沮喪的真相嗎？
如果衝突的國度
是海軍比我們強許多的日本
或中國解放軍
我們如何將獨立的「我」與「國家」合一
而想像、制裁、尊嚴的演出？
我對兒子們說
「看著我的眼睛
聽我說
歧視無所不在，不要掉進將不熟悉的別人妖魔化的陷阱
這種時候，我們的腎上腺素非常容易噴出來的時候
我們就愈要小心
如果你恰好是美國人
你的國力是台灣的一千倍
那碰到這類的狀況
你是不是也會毫不猶豫支持你的總統

派出你國家的艦隊、空軍，狠狠修理那些流氓國家？
也許會，也許不會
（雖然歷史上所有的軍事行動，無不是仇恨的動員，殺
戮的真相，自我的喪失）
但它都需要更艱難、不斷反問的思索
絕不像電玩打怪那麼痛快激爽」

小兒子說
「好的，但是爸鼻
上次那個和媽咪在巷子裡ㄅㄟˊ車
下車想要流氓的壞人
你不是跳下車很大聲罵一大堆髒話
像要揍他
把他嚇跑了
然後回車上說
『他馬的還好我這麼大隻，又長得凶
這種人欺善怕惡
看妳是女生開車
還想要流氓咧！』
那不就是『腎上腺素』嗎？」

我說：「閉嘴！小心我制裁你喔！」

命大的蟑螂

昨天傍晚
大兒子驚魂未定跑來跟我說
「爸鼻
我剛去後面拿衣服
超恐怖！
有一隻像赫克力士獨角仙那麼大的蟑螂
在晾的衣服間飛來飛去
還停在我後肩
我嚇得把牠拍掉
牠又起飛
好像在玩特技飛行」
我說
「你有沒有殺了牠？」
大兒子說
「我哪敢啊，我趕快溜進來，超恐怖的！」

之後
約八點多吧
小兒子去洗澡
在浴室大喊
「爸鼻！有一隻巨大小強
像小烏龜那麼大！」
我回喊「快！快殺了牠，那應該就是你哥看到那隻小強

阿祖！」

過了十幾秒，小兒子說「我抓到牠了！」（這小廢材確實是我們家的捕昆蟲高手）

我說「快殺了牠！」

浴室裡沒有回音

我又大喊

「阿甯咕，你殺了牠沒？你不敢打爛牠，就把牠放馬桶沖掉！」

裡面還是沒回音

我心念一轉，他馬的

我說

「你不准把牠活捉，想養牠，我們駱家沒有養蟑螂這種事！」

他說（果然！）「好啦，爸鼻，這小強長很可愛耶，鬚鬚好長，那我不殺牠，把牠拿到窗台外放生好不好？」

我說

「放屁！快殺了牠，幹！這是蟑螂阿祖耶

你放牠出去，牠隨便就鑽回來

牠一次下蛋可以有上百隻小小強耶

快扔進馬桶沖了牠！」

沒有回音

之後他洗完出來

一臉詭祕
我說「殺了沒？」
這重蟑輕父的不孝子說
「唉啊，我把牠蓋在漱口杯下
想用手去抓，誰想到牠一溜煙就跑了」
我說「你這叛徒！」

夜裡
起來到後面把一大籃臭衣服放進洗衣機
卻轉身發現那隻巨大小強在一旁烘衣機裡
我當下啪的關上圓舷窗
轉下按鈕
那滾筒轟隆轟隆轉動起來
我想「烤死你這巨大怪蟑！」
過一會，那平時沒用的機器周邊
也發出燠熱高溫
我想應已變成燒烤小強乾了吧？
打開烘衣機圓門
不可思議的科幻景觀在我眼前
那隻無敵小強阿祖、小強國的火雲邪神
竟還活著繞那金屬筒跑圈
我本想再關上門，再烘
但轉念一想
伸手進去將牠抓出往鐵窗處一扔
牠快樂的爬走了
我想
「這也是天意，你命不該絕，也算你這怪咖跟我們家父

子有緣」

我想
這隻神奇小強回家後
被孫兒們包圍
應該是臭彈牠一天的大難不死遭遇吧
「阿嬤今天差點就沒命，再見不到你們了
我遇到一家奇怪人類
哥哥見到我就逃走
弟弟是個無聊男子，調戲我
那個老爸是個狠角色，差點殺了我
不過後來不知爲何又放了我
嗚呼呼呼」
然後小強祖孫相擁而泣，喜慶團圓（嗎？）

夜晚暴食暴龍

昨晚吃了小史和兒子們一同早睡
右手邊的大兒子先睡著了
左手邊的小兒子還像《馬達加斯加》的斑馬
一直說話
他和我討論我們家水族箱前一陣子的「大滅絕」
一共死了哪些魚種
最慘烈是原本至少上百隻極火蝦和大和藻蝦全部死亡
至少三百個蘋果螺也全掛了
三隻鯰魚也死了
兩隻活了好幾年的玻璃貓也死了
雙劍、三角燈、紅鼻剪刀、一些黃禮服孔雀
都死啦都死啦……
一開始我很投入跟他討論
但後來我覺得眼皮變重
我說「ㄟ讓爸鼻睡，好像安眠藥藥效發作了，別跟我說
話了」
但他似乎說得正悲從中來
「還有一隻網球蝦，超美的，也沒了……」

我說「喂！令爸不趁這陣昏沉趕快睡著
等會又夜晚夢遊暴食症發作了
前幾天英國有個婦女夜裡夢遊出門
她先生報警，找不到她

結果發現她在夢遊狀況遊了七八百公尺
全身濕淋淋到河流的對岸」
「眞的？超強！」
於是他安靜下來，讓我睡
因爲我這夜晚夢遊暴食恐龍症
對全家來說
似乎是件神祕無法對抗的事
妻兒總責備我或哀嚎
「爸鼻，你怎麼把我們的早餐全吃光了？」
「他把家裡所有零食吃光了！」
「那是奶奶給我們的巧克力，你怎麼全吃了！」
「爸鼻竟然把一整桶蛋捲一晚就吃光了」
我總是無奈的解釋
夜晚夢遊的那個我，並不是現在講話這個我
我也管不住他啊
我醒來也不敢相信自己吃了那麼多東西
每次睡前我也命令自己今夜絕不能再被那隻暴食恐龍控
制了
但牠就像是酷斯拉攻打地球
啊～嗚～卡茲卡茲～嘩啦嘩啦～
把冰箱、食物櫃、餐桌，或他們藏在屋內各隱密角落的
食物
全部往張大的嘴裡倒

夜晚的我們家客廳簡直就是酷斯拉進攻的廢墟啊
他們聽了都不寒而慄

當我快要睡著時
小兒子突然又說話
「爸鼻，那你這個夜晚夢遊暴食症
一晚會發作幾次呢？」
「一次啊，一次就吃到我快吐了，你還要我發作幾次？」
「我是說，如果你要發作時，我攔住你，不讓你去客廳飯廳
那你不是就不會吃那麼多啦？」
這時
我體內無聊男子的部分又癢央了
我裝作真的睡著了，閉眼，打呼
然後
突然像金字塔裡守墓木乃伊中了咒語
眼睛猛然張開，空洞望著他
身體直直坐起
喉嚨發出咆哮聲
「嘎嘎！」我說

這時
我發現
我的小兒子
用盡全身力氣，非常認真的
抓住我左邊手臂

死命踑住我不，在他的認知
那不是我，不是他的父親
那是夜晚夢遊暴食症附身的僵屍，不，吸血鬼
正要被異化的父親
他在攔阻睡著的父親被那怪異力量攫奪而去
他甚至用全部的身體壓在我躺著的腿上
有一刻
我感覺到他的心臟非常急促撲通撲通跳
我突然想「這小子正在『搶救父親』呢」
雖然仍裝作死命要起來「夜晚暴食」的僵硬傀儡
但嘴角卻忍不住微笑起來

少年Pi

帶兩兒子去看了《少年Pi》
確實非常美
海洋，宇宙繁星，老虎
這些畫面
原本就讓人爲其神性之美、殘酷、強大
而脆弱，匍匐，心醉
而又能在這樣空曠無邊之景
處理孤獨，死亡眈視，鎮懾，以及在神靈俯視下
如孩童般的創造力
那種如暴風雨、雷鳴閃閃、悲慟天問的浪湧詩意
沒有現代電影這些爆炸（火燄）、街道飛車追逐、機器
人鬥毆
中情局高層黑幕疑雲，或外星人、黑街幫派、上流宴會
華服仕女
其實很像兒童蠟筆畫
沒有結，沒有眼，可以編織擬造其「命運交織」
所以每一個選擇都直面造物之凜然
無可擬人，置於脆弱現代話語之控制
但因這少年的奇幻神性
不在邊境之外
讓人的最微弱、比動物性多那麼一點點什麼的螢光
不被神暴怒猙獰之臉、不被那無邊黑暗徹底吞噬
（我從前從宮崎駿電影〔譬如納伍斯嘉、譬如神隱少

女〕總感到一種「少女神」的原型
似乎是這種末世，文明大滅絕的修補、救贖、療癒、犧
牲的「種子論」
但第一次，在這部電影感到一種「少年神」的神話力量）
就是那柔弱的
比全盤繳械多一點點的什麼
讓我走出電影院
兒子們在叢林樂園玩電光爆響吐票卡的電動機台時
我在霓虹櫥窗之街的二樓陽台抽菸
心中說不出的對這（值得進戲院看大銀幕）
不是小說，而是電影
這年紀也很難得啦
贈與的幸福或因視覺暫留之壯麗感，對自我是那麼有限
渺小的
事後菸猶緩慢回潮，反芻某幾幅畫面（真是美的沒話說）
覺得感激

芭樂

我每有帶兩兒子在身邊

出門吃飯或亂晃

要回家前

都會拉他倆跟我到附近7-11

買個四罐或六罐大方罐的黑覺醒

因為我腰傷成為老毛病

有這兩個男孩當挑伕扛工

幫我提上四樓

他們的娘不忍心

他們就打蛇隨棍上，嘰嘰歪歪

說我虐待童工啦、把自己的怪癮建立在「讓兒子長不高」啦

總之

他們是鬥不過父親的

每當他們開始囉哩囉嗦時

我就言簡意賅問

「提六罐或提十罐？選一樣？」

他們立刻說

「六罐」

不過，不知從何時起

巨蟹座的哥哥

開始從弒父情結轉變成「模仿父親」

在那六罐裡會加入兩罐他的嗜喝冷飲

大罐「茶裏王烏龍」

但他稱之為「黃覺醒」

這擠壓到我的福利

後來

當我們走進7-11我說

「來個六罐爸爸辛苦熬夜寫稿（其實是掛網）的黑覺醒
吧！」

就會被更正為

「來個四罐爸爸的黑覺醒，加兩罐哥哥辛苦念國中的黃
覺醒吧！」

小兒子頓時成為被剝削底層

但他究竟還小

心性不定，貪戀不同花樣變換

一下夾帶進果汁，一下換優酪乳

總之，無法確定武士旗色家徽

跟父兄的黑覺醒和黃覺醒比

就弱了

昨天，我帶他倆進7-11

「來個父親辛苦寫稿的四罐黑覺醒，和哥哥辛苦上國中
的兩罐黃覺醒吧！」

不想這不服輸的小子說

「兩罐黑覺醒兩罐黃覺醒，再加兩罐弟弟辛苦念小學的

ㄅㄚ　ㄌㄚˋ覺醒吧！」

我一看提籃，什麼ㄅㄚ　ㄌㄚˋ覺醒？就是兩罐芭樂汁

我說

「不行，你給我放回去！」

他說

「兩罐ㄅㄚ　ㄌㄚˋ覺醒？或六罐ㄅㄚ　ㄌㄚˋ覺醒？」

我說

「好吧，兩罐」

阿月子

我太愛「衝滴」兒子了
好像一兩年前
父子國力懸殊甚大
我常談笑風生就「衝滴」的他們
像小狗恨得來啃我，該該叫
然後祭出「勝利女神飛彈」（跟他們娘告狀）
一彈擊沉
後來他們威脅我要跟母親告狀
我也會反威脅「敢告狀就抄書抄到手爆」
昨天夜裡，小史夢遊夜晚暴食症復發
但不知爲何冰箱裡全是甜食
冰炫風、小蛋糕、冰淇淋、大兒子剛過完生日剩的大蛋
糕殘塊
當然在無意識狀態全幹光了
但今早起床
說不出的一種匱乏感、空虛感、對鹹食的渴望感
「突然好想吃油飯喔！」
大兒子要去跟同學班聚
於是我拉著小兒子陪我去吃
馬路對面泰順街巷子裡
一家叫「阿月子」的油飯
它其實是賣那種從前最普通傳統的米粉湯
可以切肝連啦大腸頭啦嘴邊肉啦反正各式豬內臟

整大鐵鍋煮
我吃素，所以通常切兩塊油豆腐
主要是它的油飯，淋上鮮紅甜辣醬
再撒上翠綠的香菜葉瓣
我有一年去美國兩個半月
很省，每天吃旅館免費早餐的杯貢、柳橙、優格（還偷
一些回房當午餐）
到後來嘴裡淡出鳥來
對台灣最深的懷念
就是「阿月子」的油飯和米粉湯和切油豆腐

沒想到處女座的小兒子
今天很不買帳
一臉臭臉，說他一點都不想吃「阿月子」的油飯
我幫他切了一份腸子
他也雞雞歪歪說「爸鼻你不知道我最痛恨吃腸子嗎？」
我心中悲涼
想不過一兩年前
不是我帶他們吃啥他們都開開心心跟嗎？
這時我又搬出「老父親苦情戲」
我說
「你爺爺在世時，愛吃中山樓附近一家菜販，那些蔥燒
鯽魚、黃豆芽、烤麩
我陪他去吃過兩次，他開心得不得了
現在我很懷念跟他吃他愛吃的菜飯的滋味
有一天我不在世上了
你帶你孩子吃『阿月子』油飯

會非常懷念跟他們說這是你們爺爺當年愛吃的小吃」
沒想到這招無效（是否我用過太多次了？）
這畜生還反嗆我
「我要告訴奶奶你偷喝煮豬內臟的米粉湯」

傍晚帶兩呆兒去游泳
不知為何父子鬥嘴
這囉嗦的處女座又抱怨早上我強迫帶他吃「阿月子」油飯
這時
吾靈感一動
說
「你們知道我為何那麼愛吃『阿月子』嗎？
因為當年你爸追求你媽，熱戀的時候
我給你媽取了一個暱稱
就叫『阿月子』啊！
你們聽過『在天願作比翼鳥，在地願作連理枝』嗎？
從此以後
只要是叫『阿月子』的店名
就算他賣的是狗屎，你爸爸都愛吃啊！」

有一瞬間
他們的眼睛像小狗，黑白分明，驚奇且濕潤
似乎相信我講的
但不到十秒
他們大聲說
「騙人！怎麼可能？我們要告訴媽咪，怎麼可能給心愛
的女生叫『阿月子』?!」

勇者無懼

有一次
我住陽明山時
亂路邊停車在山仔后
被警方拖吊車吊到山上的第二停車場
恰好遇到好哥們F君騎摩托車經過
我說「載我上山去取車吧」
不料他載我到一半
約略過福壽橋那陡坡
我聽我屁股下的排氣管發出像老頭吐濃痰吐不出的
噗嚕噗嚕聲
最後「ㄅㄧㄤˋ！」的一聲
一陣黑煙臭味
我說「我沒放屁」
F說「幹，駱胖你他馬把我機車坐拋錨了」
（但其實那時我還不是胖子）
他只好騎那失去動力的機車空檔滑下山找車行
於是我在路邊等公車
等一小時後來了一班260
我（這時已在烈日下曬到中暑了）上車後
只需坐兩站
誰知到了中山樓前的大迴彎
那公車司機把車撞上前面一台阿杯開的超慢小貨車
所有乘客下車

還聽到那阿杯的貨車擴音器播放
「台中草湖芋仔冰
有鳳梨、土豆、紅豆仔、龍眼黑糖口味……」
這就是所謂的《西遊記》嗎？
如此艱難、橫阻，到不了目的地？

另一次則是
我跟另一哥們開車（那車很爛）去台中找一學妹
結果開到樹林交流道附近
車也是發出打嗝的怪聲
愈打愈急
最後像嘔吐、嗝屁的聲音
然後就前頭冒黑煙
故障停在內線道上
我坐駕駛座控制方向盤
那瘦哥們推車（有點上坡）
我們的車像蝸牛橫渡野牛陣從最內側慢慢移動到最外側
所有高速疾駛的車全狂按喇叭，險象環生
很驚險才推到路肩
當然被高速公路警察先開一張超貴罰單（我們的爛車上
沒有三角故障標誌）
被拖去一間車行也被狠敲竹槓

我還有過

住深坑時

有一次去岳母家載妻

岳母拿一袋垃圾要我去丟我們那社區

（那時台北市已開始垃圾不落地

但我住的鄉下社區還有一垃圾集中處

大家把垃圾丟那，垃圾車會集中來收）

我臭屁交給我沒問題

但走出門一發懶就偷丟在巷口電線杆旁

不料

兩個月後吧

岳母氣急敗壞問我

她收到一張超貴罰單

原來環保局的人像CSI辦案

把那袋垃圾拆了

仔細找裡頭的廢棄信封或啥單據之類

真是三條線

今晚睡前我跟兒子們回憶了這些悲愴的往事

「我追媽咪時，開車載她，車子還在新生高架橋上拋錨

我們是從那快車飛駛的高架橋一路走到引道才下去

找修車行上去拖吊」

「我小學時有一次防空演習

大家超安靜蹲在一樓教室，我突然放了一粒不大不小聲的屁

因為太安靜了

所有小朋友都聽到且哄堂大笑

訓導主任很生氣衝進來
然後要我罰半蹲」
最後我作了一個結論
「你爸爸能活到今天
還是這麼樂觀進取
你們要尊敬我啊」
沒想到兩個平日不孝的兒子
似乎被我講的內容感動
巨蟹座大兒子貼心像對雷寶呆摸我的頭
「秀～秀～」
處女座的小兒子也像看完天文館的星空秀，兩眼亮晶晶的
「爸鼻，你放心，你老了以後我們會孝順你」

（這有關嗎？）

拾荒

我的小兒子好像有拾荒老人的傾向
我們家客廳有一張非常大的工作桌
後來被他的昆蟲飼養箱、亂堆的書、垃圾、零食袋占滿
可憐的國中生哥哥被他排擠到一旁的小桌
可憐的愛乾淨母親每次幫他收拾乾淨
第二天又像土石流現場而崩潰
可憐的無辜父親這時便會遭殃被斥罵
「他完全跟你一個流浪漢拾荒老人的模樣！」

但我並沒有去外面亂撿雜什物件回家的習慣啊
（我只是我個人的書房很嗯賴罷了）
但小兒子非常喜歡撿一些有的沒的回家
後來我想到還警告他
「路上看到有紅包紙不要亂撿
那有的是放錢和幾根死去女人的頭髮
你亂撿就要被迫去冥婚娶一個說不定死去五十年的老太
太喔」
他很害怕
但還是不改，源源不絕從外面
搬一些人家扔棄的網球拍、爛皮球、爛熊熊、壞書包、
遙控器、手電筒
阿伯助選帽子、一只小鼓、一只小喇叭、孔雀羽毛（我
也驚異，怎麼可能？）

說來台北真是個不可思議的巨大垃圾場
喔不，寶藏山啊
妻子三申五戒，難得溫柔母親歇斯底里抓狂不准他再撿
廢棄物回家了
但無法阻止處女座癢癢迷戀某種活動的意志
總之他的書桌上下
我家連壁書櫃底層
到處都塞著他拾撿回來的大小垃圾
我是個粗心大意的人
但偶爾也會感到
「吾跟一位快速膨脹成長他的志業的
萬中選一的極品拾荒老人
同住一屋簷下啊」
的微微不安

有一次我去接他回家路上
提著他書包覺得怎麼那麼重
一翻開
感覺裡頭沒有兩本書
全是拾荒垃圾
幾個空可樂玻璃瓶、石頭、彈珠，竟還有一隻大人壞的
夾腳拖
我終於失控發飆了

「他馬的老子送你去上學，你給我去拾荒！」

他的回答讓我泫然欲泣
他說
「爸鼻
有一次我們叫你不要再買樂透了
你發脾氣說，你除了抽抽菸，簽簽小注樂透，寫寫小說
也沒有不良嗜好
我也是啊
我除了調皮，愛撿撿『小東西』（他真的用這麼唬爛的
修辭）
也沒有不良嗜好啊
為什麼你連我人生這小小的樂趣都要剝奪呢？」

不是第一次了
我常覺得自己晚景堪憂啊

漩渦

新聞上看到一個河流上的巨大漩渦
把啥都吞食進去
樹幹、浮冰、蘆葦叢、垃圾、碎木
啥麼都吞下去
而那漩渦完全不受影響
像個永遠吃不飽的乾淨胖子
連打聲嗝都沒
他們叫它——魔鬼漩渦
很怪
這漩渦之外的河面
非常平靜無波
沒有激流
看了說不出的暈眩

認識一些美麗的人兒，充滿才氣，個性
或柔慈，幽默，自由愛冒險
但這時代以奇怪的無情
像漩渦
吞噬著他們，和我
各自有各自突圍，奮起，爆發，或能忍
不同的調伏，自愛，重新建構，修補損毀的術
我像不同旗幟的騎兵
遭遇時為其完全不同的自我嚴格規訓所感動

常是相反的美德
孤絕，或不忌諱髒
水晶球般的銀色世界
或魚頭腔內的錯綜複雜骨刺
黑汙湧出的超過自己時間幅展的「祖先的惡之華」
或用連篇髒話反織成「愛」的獨幕劇
我暗中學習他們某一切面的強者品質

但以十年為單位的時間流過
不知怎回事
那吞食一切的漩渦
終會將我們像樹枝，箱子，不同形狀的結構
捱著打轉
終會扯碎
我們說，典型在夙昔
其實不是在「演」那個想像未來的「典型」
而是在時代漩渦，沒有更長時間在棋盤推演
掙跳，如水漂
或沉入，期待漣圈
強者告訴自己，不會被平庸俗世維度所制
但最後總大部分的美麗時光，如夢情恩，悲歡交集
不為人知的殉滅給那漩渦
「這裡是哪裡？」
「請問你那邊幾點？」
不為己
但為凡有跳躍之夢而奮起
然更多年後形銷骨毀，變成怪物

卻迷惑受懲罰，被浪費者
悲不能抑

「爸鼻、爸鼻
你看
我又長出『麋鹿菇菇』、『國王菇菇的澎湃包』、『河童菇菇』！」
小兒子說
「我有『智力有53萬菇菇』（智力等於智能無力）、『海外旅行菇菇』、『晴天娃娃菇菇』、『始祖鳥菇菇』！」

妻說
魔鬼漩渦前的療癒和取暖
因為即使在幻影之境
菇菇們的窸窣生長
仍是微弱的，對抗死滅的小小活之欲啊

陰陽

大兒子說
「端端有五大優點
有情有義
愛照顧弟弟
有人類的心智
長得很美
愛吃水果」

小兒子說
「端端有五大缺點
太死心眼，主人訓斥就趴著憂鬱
愛霸凌弟弟
總以為自己是人類愛跳上沙發看電視
長得很美卻愛吃狗屎
愛把橘子吃得爛爛的桌下都是」

我說
「兒子們
你們說的是同一回事啊
所以生命有陰就有陽
有黑就有白
要學習多角度看世界啊」

小兒子說
「有胖就有ㄋㄟㄋㄟ
有奶奶就有嘟嘟」
我說
「有耍嘴皮就有挨揍」
於是又K了他

倒楣事

小兒子說「爸鼻你為什麼皺著眉？」
我說「我只是想起自己一生遇過這麼多倒楣事
心裡感慨罷了」
小兒子說「爸鼻，你遇過最倒楣最倒楣是什麼狀況？」
我認真想了想
發覺我可能真的有失憶症
腦中一片稀糊
「啊！我想起來了
我要出人生第一本書那次
和出版社老闆約在中山北路的Pub見面
但我卻拉肚子剉賽在褲子上
於是我哭著開車回陽明山宿舍洗屁屁
心想我可能永遠無法出書了」

「哇塞有夠慘的」兒子們崇拜的說

「還有
我跟你媽要結婚那天
爺爺要我去公賣局買高粱酒
大概還有兩小時就要迎娶
結果我又是想拉肚子
當時就跑去郵政醫院的廁所上
快忍不住

超了紅燈
恰被等在路口三個交警攔下
哀求別開紅單過程
又悄悄拉在褲子上了」
大兒子說
「爸鼻所以你不是倒楣，是腸胃不好吧？」
小兒子說
「爸鼻所以你跟媽咪的婚禮
是大便在褲子上進行嗎？」
我說
「混帳！我回爺爺奶奶家就換新內褲並洗屁屁了！」

等氣消後
換我問他們
「你們遇過最倒楣的事是啥？」
小兒子當然又呱呱呱一大堆
什麼幼稚園時去什麼農場
那麼多小朋友就他被山羊頂
什麼和我們去竹子湖
他就掉進水很深的海芋田
什麼和俗辣阿伯他們去小油坑
他居然被一個小噴口的冒煙硫磺燙傷
「那是你自己用腳去踩那個噴口

人家那圍了紅線不讓進去！」
「還有一次
和媽麻哥格一起去爬紗帽山
途中遇見一隻怪鳥
牠長得非常怪，而且叫聲非常難聽
我就學牠的叫聲
呱呱……呱呱……呱呱……
牠很生氣飛走了
後來我們下山
又遇到牠
我就又學牠呱呱叫
牠又很生氣飛到樹上
我們繼續走
你知道嗎
媽咪和哥格一前一後跟我貼很近喔
結果那鳥超準
嘆啦拉了一大泡屎在我頭上」
我說「你不是倒楣，你是活該吧」

兒子們睡著之後
我躺在那兒回想了許多事
我想，臭小子你們不知道
我這生還真是在許多時刻
遇到那驟然降臨，讓我哭笑不得的倒楣事呢
絕對不只是因為腸胃或肛門不好
很多時刻對我來講不是覺得衰
而是被那眼前發生的怪處境驚嚇、哀嚎

「不！不會吧？」

我曾寫過了

我國四重考時曾搭最後一班公車

到深坑往石碇鄉下

我母親當時買的一個小屋

當時我跟一群七投少年鬼混

抽菸喝啤酒

所以搞那麼晚

但當我夜裡十二點站在那山腰小屋門口

發現我沒帶鑰匙

我試著用磚頭打破門上的玻璃

還是不得其門而入

那是個還沒有手機的年代

那裡荒郊野外也沒公用電話

於是我便從那石碇往台北的深夜鄉間公路

一路走回永和

所以走了五、六個小時吧

那時路兩旁全是稻田

漫天星星

沿途偶爾一間土地公廟或萬應公廟的紅燭小燈泡光

我記得我走到天微亮才走到木柵

動物園好像還是個河對岸的大工地

那是荒莽在人世之外的一段暗夜行路

在那個年紀當然恐懼（怕鬼）

覺得自己困在這陰慘、疲憊、倒楣之境

怎麼回事呢

怎麼走出去呢

但那似乎撬開了我懵懂不知的一個祕境，或預言
似乎我未來的人生
為不只一次
一次又一次
掉進這樣的處境
確實很賽
但後來我走著走著
又蠻自得其樂的
黑夜裡的空氣濕濕涼涼的
走走累了坐路邊石頭抽根菸
有廟就進去拜拜
然後再走

書房大便味

「為什麼我的書房有大便的味道？」
我推開門
驚恐的對客廳的妻兒們說

當然我的書房
是很像拾荒老人的違建鐵皮屋
整個堆得像CSI他們去翻找證物的垃圾掩埋場
菸灰缸裡堆著菸屁股
還亂塞一些蜜餞空袋
垃圾筒旁堆著二三十個「黑覺醒」空罐
但是
這個斗室
即使充滿混雜的推傷藥膏味、「清肺湯」這一類科學中
藥味
其實很像我父親晚年他臥室的那股「老人味」
各種藥丸、藥膏、維他命、淡淡散在空氣中的
身體對死神示弱的氣味
問題是
我他媽才四十多到一半耶
不應該出現大便的味道啊

「爸鼻，會不會你老年癡呆症太嚴重了，大便失禁自己
不知道？」

「爸鼻，會不會是雷寶呆跑去你書房撇大條？」

「放屁！」

但其實我心底有一恐懼

莫非，我的書房鎮守的大羅神仙，始終在我書櫃上的那些偉大名字的小說

我的腦袋，我寫出在稿紙上又成堆收在底櫃的魔性內容

那穿梭、游動的文學守護神

穿著五彩衣的衰老臉孔的人頭蟲身靈感小妖

終於受不了我在這書房每夜掛網的癡傻

終於棄我而去

所以仙氣防護罩一撤

遂出現大便的氣味？

「但我白天都有去咖啡屋勤勤懇懇地寫啊！」

我在心底跟其實我沒見過的「書房守護神」辯解

但後來發現是屋頂漏水

而不仔細看的水滴滲進我輪子椅下的塑膠墊下

翻開塑膠墊下面全是積水

我拿好神拖來拖了（還灑了魔術靈）

哈哈

一個小時後

大便味消失了

所以跟創作哥們共勉

有時覺得不對勁，怪怪的

不要胡思亂想，被黑暗負能量神吞噬

不要太迷信（不要夜裡上諸葛神算網亂測字，決定下一本書的書名）

有時只是屋頂漏水，常去的咖啡屋旁邊在施工
有時只是脖子落枕，腳底筋膜炎
春天氣壓太亂，多少有點鬱
這些那些
都可以找出原因，一一解決
沒有比寫作更神祕的事兒了
但也沒有比寫作更不神祕的了
因為唧唧復唧唧，錯織密縫，曠日廢時
連衰神、雷鳴閃電之神、噩夢神、死神、繆思女神、阿
波羅和戴奧尼索斯
時間之神、復仇女神
從你書房從年輕時被圈禁在此
打架、談戀愛、摔跤、後宮甄嬛傳
祂們啥能玩的都玩乏了
沒搞頭了
因此也無任何一個能影響你什麼了

神探

日昨和妻兒們看了《神探亨特張》
不可思議的
我看到後來哽咽了
這我都不好意思說給朋友聽
好萊塢《神鬼認證》、《CSI》、《即刻救援》
這些內化到我們腦中的「個人英雄性與卡夫卡式國家機
器的專業，去人性，搏鬥」
場景還是特洛伊的神話記憶
這內化到
包括我們這半年來
每次，極簡陋的細節，卻媒體總動員
媽媽嘴，菲律賓，到禁閉室虐殺疑雲
這沒有好或不好的問題
不過包括我
腦中隱密幻覺
都以為有一天，若有人擄去我至愛之人
我也彷彿可以找管道弄到槍
或有一祕密銀行保險櫃
裡頭有大疊美金歐元和許多本假身分的護照
我可以侵入國防部的電腦主機
我可以路邊隨便弄來一輛BMW的跑車或重機
在不同立體道路或城市街巷追逐
讓其他車翻車爆炸

我可以在幾十層樓的大樓像長臂猿翻跳
搏擊狙殺數十個也有頂級格鬥技的特工或黑幫
獨自去救回我的所愛

然真實裡
我連闖越馬路都會在人行道絆倒
ATM提款機吃了卡片，打電話去客服還被轉來轉去
氣得罵三字經
接到詐騙電話說你兒子在他手上
你抓住時機說「哎呀他又不是我親生的」
就爽得昭告親友
每天去復健科和一室老人擠一道拉腰
我的警察好友大貓
因為不聽長官的，要他們瘋狂開單
所以始終升不了官
他每天會騎機車到貓窟山裡
餵食那些山路旁的流浪貓
《神探亨特張》拍的就是這樣北京混雜在街道、胡同、
大院
這些下崗民工、沒錢奶孩子的媽、硬賴著醫院治老媽尿
毒症的無業女兒女婿
他們像岩礁生態系裡小魚小蝦蜉蝣生物
小偷小拐小搶小騙

所有人的對罵、鬥嘴、強詞奪理

都有一種北京人對那看不見的無情蒼天的，小人兒撒嬌

和「損」

貧嘴一下，吃你當官兵的豆腐都爽

在這樣的亂世

能怎麼樣？

小刑警哥你得演你的

當小賊的弟我也只能演我的

那是讓沈從文、李銳、曹乃謙的「無告的農民」

進了北京城

賈樟柯那樣荒蠻塵土的縣城，或城鄉之界

仍只能以默片式的膠捲轉動的

靜默的觀看

而這樣從那個挨擠成一灰色巨大群體裡

像點描畫派式的，局部的粒子碰撞

在像韋勒貝克的小說裡

這樣的「量子纏擾」便是「人生不值得活的」的失去重

力的厭乏的性

在《2666》裡，便是上百個妓女被殺掉，陳屍的昆蟲學

式記錄

在《亨特張》的視覺，追入人群、偵訊室和那些小賊的

扮嘴

那像所有人無望黏縛在一塊的厭棄、沮喪

卻不放棄微弱的明亮，藏在這種圍觀大嬸罵罵咧咧後頭

的款款溫柔

他彷彿是一部北京的「聲音」

那些繁複如花兒，短兵相接的廢話、打嘴砲、虛張聲

勢、哀該自嘲
未必是賈樟柯詩意視覺的巨大違建、山寨遊樂園
卻如背景周雲蓬的悲涼嗓音之歌

「千鈞一髮的呼吸，
水滴石穿的呼吸，
蒸汽機粗重的呼吸，
玻璃切割玻璃的呼吸。

火焰痙攣的呼吸，

刀尖上跳舞的呼吸，
彗星般消逝的呼吸。

沉默如石的呼吸，
沉默如睡的呼吸，
沉默如謎的呼吸。

魚死網破的呼吸，
沉默如魚的呼吸」

主要是裡頭演員們
許多我竟認識
我沒進入狀況
一邊看一邊跟妻兒說
欸，這個人我認識啊
欸，這個我跟他喝過酒啊

我還爛醉胡說八道
完全不知原來他是北京的廢材大哥嘛
弄得後來妻兒們都很不鳥我
覺得我像齊人，吹牛攀附
像我小時候我爸拿一張上百人的大合照給我們看
說「你們看我跟蔣總統合照過」
然那位老先生如所有照片坐第一排中央
後頭一大堆黑白模糊的小臉們
我根本認不出哪個是「當年的我老爸」
也許他隨便從雜誌剪一張下來唬我們也說不定

這種時候
我就會勵志跟兒子們說
所以人要努力
努力做出一兩件讓人看了溫暖感動的作品
臉孔不會像孟克人臉那樣在時代潮浪中打漩、模糊掉
（窮也無妨，我印象中在不同記憶場景
那些演官匪、騙子、小可憐罪犯的北京哥們
怎麼感覺真實中就像電影中一樣的氣味）
我說
要有一天兩腿一蹬
讓別人覺得當年跟你喝過酒，屁過廢話
是值得懷念的事

臭臉

晚飯時跟妻兒說

「今天搭到一台計程車

一上車那運匠聽我說短途

臉色就非常臭

穿梭小巷子時

一直按喇叭凶前面搖晃騎腳踏車的阿婆

而且時不時緊急煞車

我想又來了

有時會坐到這種非常暴力、憎恨世界的車

但這小密室是他的轄區

我便在後座作出一臉凶惡的長相

（妻和不孝子們說「嘩！那一定超凶惡」）

後來

果然

他到金華街就轉彎了

（我原是要請他直穿過巷道到金華街）

這時我便發飆了

（最近事繁，脾氣變壞）

『我從剛剛上車你就一臉很不爽載到短程……』

這時

或我生氣時的臉太猙獰了

他像從一個夢境中驚嚇醒來

『對不起對不起

我沒有對載短程不爽的意思
是我閃神了
剛剛接到電話
小孩又出了點事
心裡煩心
可能臉就臭臭的』

換我對他不好意思了
照後鏡中那剛剛很臭的臉
變成一張悲哀的中年男子的臉
我想他應也驚異後座的暴龍
突然退駕，變成一隻可愛貓熊
我跟他說我整天也為小孩的事煩心
（我實在太會哈啦了）
他開始跟我訴苦
後來我到了
他停在新生南路信義路的十字路口邊
也不讓我下車
繼續講著他兒子惹的麻煩
我們便兩個歐吉桑老爸一前一後那樣聊著
後來我說我要下車了
我們還互說『加油』呢」

我繼續對妻兒說
「後來我要跑過那路口斑馬線
當時已要變紅燈了
我跑到馬路中間時

後背袋的口突然開開
掉出裡頭的稿子、書、筆、萬金油、臭藥丸仔、擦勞滅
還有一條很變態的運動長褲
散落在馬路正中央
那時全部的車千軍萬馬從我身邊衝過
我非常狼狽蹲在那邊撿
像變魔術，從一個奔跑的阿杯背袋
爆炸散出的變態長睡褲」
這時妻說
「但你揹著一條阿杯睡褲在背包裡幹嘛呢？」
不孝子們也睜大眼點頭
「為什麼呢？」

我說
「因為我這兩個禮拜，那長篇都沒動
心裡慌慌的
今天想好好進小旅館拚一段吧
但看天氣變涼
想那旅館房間冷氣會太冷（因我都穿短褲）
就自攜一條長睡褲嘛
誰知道會掉出來呢？」
妻和兒子們低頭吃飯
似乎很習慣這怪老爸
每天獨自在外頭晃時
遭遇的說大不小的丟臉或衰事
（也許鬆一口氣沒嚴重到要去警局領人）
但我想

他們不知道
後來我走進小旅館
換上那條變態阿杯長睡褲
三個小時中
寫了一段繁華如夢
我就是那筆下四五組虛擬人物頭頂上的上帝
那麼美的，難得自己都開心喜歡的一段
後來我將書、稿、換下的長睡褲塞回後背包
自己坐在那房間的書桌前
有滋有味抽了最後一根菸
然後離開

丟垃圾

「快點，把回收那些空罐收一收」
「快、快，廁所垃圾桶的大便紙我來收」
大兒子說「爸鼻……」
「啊！還有，還有我書房的垃圾！」
「狗不要擋路！」
「爸鼻……」
「快點快點，六點十分了，沒趕上這班垃圾車
就要提這麼重到馬路對面了」

鎖門，父子倆乒乒乓乓下樓
「啊！回收阿婆的鐵牛車走了，好吧，我們到隔壁巷子
給那拾荒婆婆」
「加油啊！加油！嘿咻嘿咻」
父子倆提著沉重的大小包垃圾奔跑

經過「貳月」咖啡
美麗的豆花的母親和一帥哥在門口台階乘涼
「啊！丟垃圾啊！向兩位男士致敬」豆花（牠是一隻美
小狗）的娘說
「但是」一旁的帥哥說「今天禮拜三，沒有收垃圾啊」

登愣！
父子倆提著（感覺更沉重）的大小包垃圾

呆在巷子裡，感覺今天天氣特別冷……

「難怪剛剛怎麼覺得路上都沒人，只有我們兩個很認真要丟垃圾？」

從頭到尾一語不發的巨蟹座大兒子說話了

「爸鼻，我剛剛就想提醒你，今天禮拜三，可是你在那跑來跑去收垃圾

根本不聽我說……」

「唉，馬有失蹄，人有失算，沒關係：D」

牡羊座的父親繼續鼓舞、打氣

「讓我們再把這幾袋垃圾提著攻打回四樓我們家吧！」

豪邁的笑著「哈～哈～哈～哈～千萬別給你媽知道此事啊」

厚臉皮

和小兒子去買素菜便當
門口坐有一老乞丐
乞丐身旁一架回收餐盤的垃圾子母車
小兒子對著垃圾車
做一遠射投籃動作丟了一塑膠瓶
「哇，進了！」
走遠幾步後
我訓斥他
「喂！你這樣很不禮貌耶
人家乞丐坐那
你做那樣的動作
不是羞辱人家嗎？」
「啊！對不起，我不是故意的」他說
「把這五十元，去恭敬的放進他的碗裡」
他甩頭甩腦回到我身邊
本來之前他要我給這老人錢
給過幾次
我覺得這老伯是「假的」
走過便不給了
反而給一旁站立托缽頌經的灰衣師父
（所謂「真假」最後還是牽扯視覺上的「美學」）
小兒子無比欣羨說
「爸鼻

乞丐這行業還眞不賴

連碗都是7-11的關東煮紙碗耶」

「怎樣？想立志將來做這行？

其實

你有發現嗎？

他就是常坐在7-11門口那個阿杯

我以前到那家小七

就奇怪這流浪漢怎麼過的這麼惬意

一瓶米酒

有時買一個排骨便當

有時買一盒涼麵

有時一碗關東煮

抽兩口菸

和裡面櫃台小哥、姊姊都是好朋友

這才是個自由自在的人生啊

其實他都是過馬路到這邊來『上工』啊

必須和那些化緣的師父競爭哪」

小兒子陷入沉思

「眞的耶

我想起來了

原來他就是小七門口那個阿杯

但他會換裝耶

他在小七前沒戴那頂棒球帽

到這邊就把棒球帽戴上」

我說

「有一天你長大後會知道

人在跌到最絕望的境地

還是愛自己的臉皮子
那比身體還更是他最後的東西了
所以絕對、絕對不要羞辱別人」
「嗯，上次媽咪在臉上塗火山泥
我也挖了一小坨ㄍㄡˇ在雷寶呆臉上
幫牠護牠的臉皮子」
「你少說屁話，聽到沒？這很重要」
「嗯」
難得這小屁孩靜靜聽著我訓話（真爽）
又走了一段路
小兒子突然哇哇大喊
「這位爸鼻
為什麼所有便當也是我提
黑覺醒也是我提
這一袋（他用金兔又去「好地方」買了五隻垃圾玩具
「愛心手」）也是我提
明天早餐的麵包也是我提
你聽過父子騎驢的故事嗎？
我想路人一定覺得這對父子
所有驢子都背在兒子身上，爸爸兩手空空超輕鬆」
我對著我的挑夫說
「欸，我背著我自己，超辛苦的
你背十隻驢子，比不上可憐的老爸爸背一隻大象吧？」
這小子竟生氣了
低頭往前走，嘴裡碎碎念
「沒見過臉皮子這麼厚重的大象！」

兄弟

兄弟
這些東西會過去
這些讓海灘枯死的膠黑黏稠死物會被細菌分解
拉遠時間看
這是一個終將死滅的模型
好像後來那貼在天空玻璃鏡外的獨眼
巨大神祇
也不想觀察，將時間分解成更多更多碎屑的我們
這是一個「死域」
被宣判了
像蒼蠅被黏裏在烈日融化之口膠
死也是死於自己裂解的毛肢、破翅、觸鬚
或如大斑馬在水花暴竄泥河中
瞬間被食人魚群啃成一架骨骸

兄弟
我們沒有辦法了
也許只能把心智專注某些神蹟般的秩序
譬如大聯盟的比賽
微物之神
譬如官哥汝鈞
古典樂
譬如三西水金紅

它們也是從駭人紛亂中，在時光的水族箱
沉澱、懸浮、波光幻影、無法計量的死亡
珊瑚狀，或藤壺狀，靜靜的，直到被觀察

兄弟
我們可以作出巨大的掙跳
將海煮沸
大軍團出征造成地震山搖
但是，這讓我們隻立而起
怪物般和那蟻穴峽谷，命運交織之未來廢墟
對峙的
不正是當初發明我們
如數讀填字遊戲
將我們橫看成小鉛兵側看成刺繡針腳
用鑷子顫抖細微放進那亂數之陣的
巨腦嗎

兄弟
我們被這世界吃掉
嘔吐出來
支離破碎的美麗
支離破碎的善良
好幾世紀前的回音

墓樹已拱，詩人的濃愁耿耿
我們固執的想讓自己脊骨被嚼碎的聲響
像蝶蛾翅翼剝斷那樣輕盈
撒一小撮光鱗
或祕密多加上一階
薄薄的、薄薄的音頻
我們告訴自己
不會讓世界
那麼便宜，白白的只打一聲嗝
就吞沒了這小細泡的我們

兄弟
有些臉，發光透明到讓我們眼瞳刺痛
像賭場絨布桌上攤開又收回的撲克
我們著迷於那指端無聲的撥弦
天河撩亂
像在那五千米高原被地球自轉風吹得嗚嗚悲鳴的轉經輪
像在幻夢與幻夢間傳遞
神的下一手棋的鵜鶘
像關於死滅之書，捨不得刪去的那幾個贅字

後來發現我們一點也不特別
但我們如此堅定
如此溫柔

海底

我曾經沉到很深很深
不見光的海底
那樣的痛苦
可能只有周星馳的《西遊記》（不是新的這部）
那孫猴子片尾被緊箍咒鎖死腦門
露出犬齒的絕望
可堪比擬
我們會想
「是要怎樣的使命
才讓這樣神力、不可能被壓垮碾碎的我
要經歷這樣的考驗？」
我怒目抬頭
那用這樣漠然方式
馴制我的，狗日的天
當然你可以把自己視為一架
神，祂演奏了半場
離開，休息，睡著了，忘記了
沉在海底的一架掀翼大鋼琴
每一個鍵終於像被鉗拔掉的指甲蓋
漂浮而去
你的音箱不再吐出成串珍珠泡泡
裡頭生鏽鋼絲，如死去女人的貼額黑髮
有一天

很久很久以後的有一天
拴住你腳踝的鐵鍊終於脆裂了
你在搖晃的水光中
發現黑皮鞋早不在的雙腳
演化成尾鰭
你變成一隻胖鯨
那麼自由的翻跳出海面
那麼不可思議的，在海底森林穿梭
陽光像那些硬骨魚類的鱗片
薄薄鑲崁著，一小格一小格虛無
你心裡想
「我喜歡現在這模樣」
巨大的吞吐，笨拙的形狀，無意義的長途曳航
和你貪心的造物，原本期盼的尺寸相比
還不夠發展出文明的
腦容量
但是那麼切膚感受的浪湧，水壓，速度
「但我喜歡現在這樣」
你害怕
你的神
回心轉意
又把你拴回那冰冷的深海

一天

一天
兩天
潦草的，追悔不及的臉色比較枯黃的
個子比較小，比較害羞
被擠在一列列高壯，脾氣比較壞
氣味比較濃
去年，前年，喔十年
貼近身的，對不起沒把你們拴緊，看顧好的
自己們
後面的，那些天
像黃色的小雛菊
一天，兩天，地離開他們愈來愈遠啦

一天，兩天
散潰的自己
勇敢的站出黑壓壓隊伍前
孤伶伶的未來
烈日曝曬的操場
全部的、那懷念的、唇乾舌燥、混了塵土鹹汗的
一排一排的昔時
全訝異靜默

看著原本在他們之中的那個小人兒
歪歪跌跌往前走

一天，兩天
沒有叮囑和勸告
會發生什麼事呢
「最開始的時候
我們也是這樣啊
雙腳發軟
先走第一步出去，再走第二步」
「我們已經，一直那麼努力，那麼疲憊
爲什麼？」
樹木翻倒，教室塌毀，操場跑道柔腸寸斷
走廊水龍頭滴出褐色的鏽水
那只大象溜滑梯的鼻子也被偷走了
擴音器從很久很久以前就變虎頭蜂的巢
廁所沒有人再敢進去了
整個昨日的我
一列一列如黑澤明的那些亡魂士兵
忠心的、絕望的，相信要讓這時間的汗滴蒸發時
是晶瑩的
那個踩出陰晦不明「未來」那條線的小人兒
對全部的，臉正融化的我說
「不要感傷，壞掉的不是我們
我們一直、一直做得很好」
還會有往未來伸出蝸牛突觸的，一天
還會有像比較好的空無，伸出美麗花莖
那樣的，再一個一天
淡淡的，總會成爲風景的
一天

第二次

昆德拉的「永劫回歸」
「只發生過一次的事
就跟從沒發生過一樣」
我們會想
怎麼可能
怎麼可能當初會那麼信任此人
讓對方騎兵如入無人之境
兵臨城下

之後
再一次
同樣的情景
同樣的模式
重演一次
而築高的城池再一次被攻破

這時你開始思索
這其中「第二次」的主題重奏是怎麼回事呢？
這裡頭有個波函數嗎？
那幾乎像被一整個神祕召喚所吸引

如癡如狂

但這是怎麼回事呢？
為何不會記取教訓呢？

演化中應有一祕密滅絕機制
就是現有生存之人類
應在遺傳基因裡有相當程度強的學習機制
他們的共同遠祖
無法從大滅絕之倖存隊伍習得教訓
仍是憑著衝動、運氣
短暫臨頭的「現在」
決定行動
那再一次臨襲的災禍中
成為犧牲者

「真後悔，真是後悔啊」

那是無從調閱回憶之錄像
但第二次
仍然中伏

乃至於猝不及防，乃至城破，盡成焦土當初同情你的
人，這次只覺得你蠢，廉價夢遊般進入，重複的頻率傀
儡配樂的迎向，那個自殺、滅絕之舞這應該就是一種人
格上的病態，或至少是弱點吧應是徹底淘汰無學習天
分，或學習能力較弱的同類學習教訓，出現抽象、因果
關係之想像力能再活下去的機率，何其微小第一次，遭
伏擊那真是天亡之

自作孽不可活啊

「但是，人類發展出來，諸如『寬恕』『柔軟』

這是怎麼一回事呢？」

殺身成仁

捨身取義

尸毗王割肉貿鴿

這其實有一想將時光之鎖撬開的寫輪眼之夢

怎麼可能是同一回事呢

創造的繁花簇放

怎麼可能將之封印在經驗法則的制約？

必然是箭簇之尖頂到眼珠水晶體前

仍捨不得眨眼

再一次的動員

再一次的類似場景

腦內的複雜運算已告知危險

但仍想多賭那一毫秒的。一切翻轉成另一種奇蹟降臨的

牌局

第二次是否意味著很多的下一次、下下次……？

怎麼傷害。最後必然會寬恕

它反而因為追求那其他種選擇皆崩塌

只有原諒，信任像旋光的煙火

你覺得原諒比不原諒更具靈魂的自由與巴洛克教堂的建

築快悅

懲罰，封印，絕決，恨

反而是讓自己枯萎的漫漫長夜

哥本哈根解釋最後的啟發是

我們所設計的觀測方式或選擇的維度
它們決定了我們最後所看到的景象
所以說
人不瘋魔不成活啊
第二次當然不是第一次的永劫回歸
你老去了一點
世界更空曠或更擁擠一點
相關人等是他們本來那個內在宇宙的一百倍或一千倍
譬如《愛在日落巴黎時》
同樣的河道不會再走同一條一樣的河流
一再出現的重複主題
如果是機械性的重複便是喜劇了
如果有意識的變奏，藤蔓化，那便成共同隱藏一個大集
合矩陣的
隱喻之舞
我們可惜有限肉身只有最多七八十吧，或五六十吧（我
不知道我）
可惜不是活二百年三百年
那壓縮了我們「人類」的經驗展演、投影，不得不百科
全書或微物之神
無法一樣一樣投資較長時光
學習廚藝，手工做一把小提琴，專業的修理飛機引擎，
學八種語言，學八卦拳
雕刻佛像，歌劇的技巧，三次婚姻和不同的人都共同生
活七十年
或是和曾孫分享百年前的革命黨用的槍械
如果是那樣

我們怎麼會害怕像用舌蕾細細品嘗那抽絲剝繭的第二次呢
當然
活在這個時間括弧（五十歲或七十歲吧）的我們
恐懼那個「第二次」
因為生命有限啊
禁不起第二次的被背叛而毀天滅地
禁不起第二次的誤判而再來個二十年活在憾毀中
禁不起第二次命運重大時刻而崩潰、失語
禁不起第二次再被這混帳的甜言蜜語所騙
或再一次心軟下不了刀，之後被敵人捅成蜂窩

所以寬恕應該是一種超出個體時光想像力
屬於基因祕密庫裡
較巨量的時間推測

願力

很多可怕的記憶
偶爾還是在失眠之夜找上我
那使我覺得不可思議
於是我終於變成一個可以帶給人們歡樂的人
有些朋友問我「為什麼你？」
「因為我真的想當個快樂的人啊！」
我從年輕時最大的弊病是
我的能力如此有限
但我的願力太大了
那是我不斷買樂透的原因
每有哥們愁苦
我總捶胸膛
「等我！」就是要他們等中獎
久之大家當耍寶
我高中時曾去醫院看一莫名腦出血而病危的同學
我跟他根本不熟
內心唯一覺得欠他的
是我總是最後一名
而那次期中考
收到成績單
我竟是倒數第二名
連我媽都很感動「進步了」
原來就是那腦出血同學

考試那天，考兩科，頭非常痛，就請假了
不想之後他就送進腦外科動各種手術
沒再回來了
我記得那時我混在一群一起探望的同學裡
在醫院看他母親焦急的拭淚
那之中只有我是廢材、壞學生
後來搭公車回永和
我記得我在中正橋前那站下了車
鑽小巷去一間有巨大觀音像的寺廟
對菩薩許願
「菩薩大人，就把我的壽命分十年給他吧」
後來聽說這不熟的同學真的脫離險境了

孟若有一短篇

寫一內向壓抑的女人

因怕姊姊自殺

內心跟上帝許願

願拿自己最珍貴的東西交換

後來她姊姊沒進入那恐怖黑暗的量子宇宙

但她的祕密交換已經啓動

孟若寫「那時她還太年輕，還不懂得討價還價」

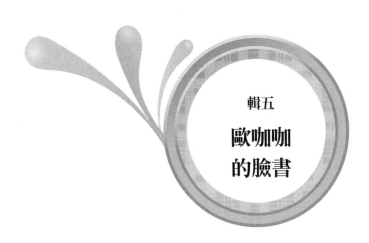

輯五

歐咖咖
的臉書

母親

母親去年才換了兩邊人工髖骨

十二月才動白內障手術換了一眼人工水晶體

這週又換兩腳的人工膝蓋

上週三先動一腳

她還讓哥哥姊姊不給我知道

說讓我忙

這半年她一直非常乖照醫生和看護教的

認真復健

從無抱怨

我覺得她整個是機械戰警

母親童年到青年過得極艱苦

因為是養女

外公是那年代中元普渡辦桌的廚師

一年就做那一兩個月

且早逝

家貧且外婆個性較尖刻

不打算讓女兒多讀書

母親一路都是第一名，拿獎學金

中間幾度停下休學

十三、四歲便當學校工友、護士、銀行工友

對未來虛無且絕望

但她從不放棄念書

後來也都是考前突然跟比她家境好許多的昔日同學

一起報名
也沒得補習
憑己力第一名考上當年台北商專
才和當時在那教書的我老爸相識
我母親吃非常多苦
但始終笑咪咪待人
我老爸說當年以爲她是好人家的孩子
但當班長爲何每次朝會都暈倒
原來是營養不良、貧血
省晚上工讀那頓晚餐錢
中午常是那年代便當酸梅配點飯
是以我讀楊索或陳雪小說
寫到少女時艱苦、對未來灰暗，但又如此堅強和生活打
交道的段落
總多一分感動

我的整個童年
因爲我老爸的556豪邁分錢給兄弟們個性
家境其實不好
但我媽也總是讓我以爲自己是好人家孩子
她非常堅強，快樂助人
一清早做早餐，聽「大家說英語」、「空中英語教室」
學縫紉，學做外省菜

最早買錄音機回來讓我們圍著錄音
小院子裡養狗，父親搞文人那套種樹養蘭花
家裡像那些新生活家庭
有訂《皇冠》、《讀者文摘》、整套的東方出版社的各
種少年經典、偉人故事、福爾摩斯
他們總把日子過得快快樂樂的
母親愛旅行
小時候一人帶我們三兄妹
搭很久的公路局
準備了水壺和三明治
到基隆海邊、到大溪、到圓山動物園、到碧潭
我覺得她很像《百年孤寂》裡的易家蘭
我高中時學壞變混混
她也永遠包容庇護
被教官叫去學校冷言冷語
她的母性永遠堅信我是善良的，她的小兒子

我母親半年多內換了兩條腿的人工髖骨和膝蓋
我告訴她今年我要帶她上陽明山看櫻花
其實這之前她忍痛已在家關了一年多不出門了
因為要用輪椅
我母親是貪看山光水色的
年輕時她出遊時總愛照相
這幾次我發現她坐在一片風景前
總靜靜看著
像享受那大自然的綠光、微風、樹影
像懷念我父親，但又安然於此刻的孤單
我覺得那樣時刻的母親非常美

不是那麼糟的人

那個廢墟，拆除到一半的房子
陰涼的屋裡
五斗櫃上撒著父親的痱子粉
我可能長達一年的時間偷他們的錢
某個抽屜裡裝在牛皮信封的一疊百元鈔
一個月的薪水
我抽出一張新台幣一百
那時是多麼大的錢啊
買漫畫送同學
耍闊……
後來被母親發現了
為保我尊嚴不給我哥我姊知道
但在暗暗的房間
用抓癢扒子打了我手心
儀式性的
通常揍人是我爸的事
但這事她又不敢讓我爸知道
一定打死
那段時光真像在出水痘啊
渾渾噩噩
有個自己活在那個陰暗的水窪裡
偷的錢也並沒帶來大買無意義奢侈品的快感
但就被困在那結界了

說來我很長少年時光都有一種犯了罪但沒有人知道的恥
罪感
需要很長的後來的時間證物
才自我確定「我並不是那麼糟的人」
在那極窄的無人知曉的怪物化音軌之外的
我
其實尚有許多發亮的品德如鬃毛
可以帶給身邊人溫暖和義氣
後來我對這樣的人
處在這樣被漫長時光的暗影中說謊所折磨的人
總充滿同情和理解

刮痧

今天幫大兒子刮痧
（他中暑了）
因爲用金紅色萬金油
而且或許很痛吧（刮出超多痧）
他一直忍痛、扭動，後來哀號
接著幫妻刮痧
她說若用金紅色萬金油她就不刮
還好小兒子找出一罐曼秀雷敦
也刮出好多痧
但皇后大人確實很能忍痛
我記得年輕時我陪她去小診所
她腳拇趾甲「登嘎」了
沒想到醫師拿出老虎鉗把兩片趾甲就拔了
我看似凶惡，其實有「見紅暈眩症」
看著馬子的腳趾鮮血湧出，就昏倒了
醒來，年輕的妻面不改色在病床旁看顧我

不過我在幫他們刮的時候
感覺連小狗都ㄍㄧㄍㄧㄍㄧ想來啃我
我正痧紅了眼
要抓最怕痛最會扭的小兒子
來刮一刮
這時我母親打電話來

聊一聊說她今天也中暑了

很嚴重

我說要不您仔（就是我）明天回永和去幫妳刮痧吧？

母親驚恐說

「不必不必，被你刮一下我等一下背爛嘍

你又想像黑猩猩互抓跳蚤很親愛是吧

（奇怪我沒跟母親說過這個比喻，莫非又是不孝子告狀？）

謝謝你，不必了」

掛了電話

我很疑惑問妻兒

「我是個顧人怨的人嗎？」

他們全部睜著大眼，用力點頭

但我突然靈光一閃

「咦，其實我可以去擺個攤專門幫人刮痧吧？」

（我有鯊魚齒型刮痧棒、薄骨板型刮痧棒、迴力鏢型刮痧棒、磁湯匙

還有各種顏色的醬料，不，藥膏。非常滴專業）

突然又充滿對未來奮鬥的憧憬

高智商

最近我的形象突然水漲船高
「爸鼻
我們老師說
原來愛挖鼻孔、愛吃鼻屎的人
智商比較高耶」
「真的嗎？」
「說是有科學根據的」
「咳咳」忍不住害羞、謙遜了一下
「還好啦，也就是無意識喜歡
摳摳左鼻孔再換摳摳右鼻孔
有時拔根鼻毛
發覺鼻毛怎麼很剛硬，而且變白了
就拿賴打點火燒那根鼻毛
看它蜷曲成灰燼，發出香香的臭味
心中一絲說不出的顫動
老師說這樣會高智商喔？」（眉開眼笑）
「但好像沒有說燒鼻毛會高智商……」
「不過話說回來
欸，我什麼時候愛吃鼻屎了
你別設陷阱讓我跳啊」

晚上帶兒子回永和奶奶家
大家又聊起「吃鼻屎高智商」這件事

我哥說

「難怪，我們以前養那隻小花（一隻狗）智商那麼高

牠超愛吃鼻屎的」

我娘顫巍巍的敲拐杖說

「小花什麼時候愛吃鼻屎了？

狗有爪子，會挖鼻屎嗎？」

我哥是個孝子

陪笑跟高堂解釋（這隻小花當年是我娘最疼的一隻老狗）

「就是我們小時候

很噁心

都把鼻屎ㄍㄡˋ在餐桌下的桌板背面

年代久遠就結成乾鼻屎鐘乳岩森林

後來我發現小花超愛去舔那餐桌背面

嗶ㄘ嗶ㄘ舔不過癮

還兩腳懸空用牙齒去刮去啃

乾鼻屎燕窩嗎

吃得爽哈哈的」

大兒子小兒子站一旁聽阿杯說

久遠前，已不在人世，一隻高智商狗提升自己智商的祕

密特訓

聽得目瞪口呆

「好噁喔

高智商的代價也太噁了吧？」

木蓮花

姊姊寄給我一張照片
說永和老家院子裡的木蓮樹開花了
碗大的、潔白的花
這棵樹是父親中風倒下前一年親手種下
另在深坑（當時我住那，妻剛生大兒子不久）那房子小
院也種一棵
當時永和這棵拚命竄高……
深坑那棵可能是木蓮國哈比人
一直長不高
後來父親倒下，兵荒馬亂，小兒子出生
三年後父歿
後來我們便搬離深坑住進城裡
一晃也又十年了
說來兩邊庭園幾番榮枯或荒蕪
倒是木蓮都長得俊逸高大
父親一生愛種樹（或因在南京江心洲老家就是土裡亂種
啥長啥）
永和院落都是他親手種的
桂花、枇杷、杜鵑、一株老梅、棕櫚、金銀花、木瓜、
桂圓、芒果
也種曇花和薔薇
說來這些樹，我小時候就有
也是四十幾年的老靈魂了

當然還有許多我不懂的吊著栽的蘭花
還有一株九重葛，非常強大
整個攀覆那日式老宅的黑魚鱗瓦屋頂

父親愛種樹，喜歡把植株種進土裡
不很玩盆栽
我現在住公寓頂樓
為擋夏日日光直曝
亂種了五六十盆大盆栽
當時搬那一袋袋土上五樓
弄壞了腰
不外乎九重葛、櫻桃、茉莉，也有幾盆玉蘭
個兒都不算小，高點的也到我胸口
最大是一株大芭蕉
但比起永和老家院裡那些遮覆成蔭的大樹
真都是小個頭，哈比人

母親電話裡說
這朵木蓮花
是暴雨如傾，其他花兒都被打殘打落了
就它嫋娜亭亭，開了一片白光

小
兒
子
292

歐咖咖的臉書

母親有一些老朋友、老同事、老姊妹
在她腳摔斷，並換人工髖人工膝並閉門不出的這兩年
這些老姊妹也失去聯繫
最近母親復健進度頗佳
（比較有自信了）
重拾斷線的網絡
發現兩年內凋零厲害
有八十幾歲的老大姊住養老院
之前都是母親呼伴去探視
另有一些我們晚輩也熟的人名
也是中風的、失聰的、失智的
在母親自顧不暇這段時間
她們像人世飄零的孤單之葉
獨自風中打旋
母親現在發展一種「電話老姊妹同伴打氣」的方式
每天排不同的人打去
有可憐的中風，老伴又是酒鬼，亂顧
因之又在浴室摔了幾次，頭縫好多針
且又失智，且重聽
母親打給那老先生
說怕這老姊妹愈虛弱，營養不良
要他餵她喝「亞培」營養素
但又怕這老頭敷衍

就叫他把話筒給那可憐、像夢遊小孩的老姊妹
據我姊說
歐咖咖對電話大吼的聲音
可能全永和人都聽見了
「我有跟妳𠾐說，妳要喝「亞培」喔！」
對方（糊塗了，後來知道是助聽器電池沒電了）說
「喔，雅ㄍㄟˊ啊？好、好、好，雅ㄍㄟˊ……」
（台語小辭典：雅ㄍㄟˊ，無事忙，白忙一場的意思）

「什麼雅ㄍㄟˊ？我是說妳要喝「亞培」！」
「喔，妳要我ㄆㄥˇ　ㄉㄟˊ（奉茶）喔？」
「不是ㄆㄥˇ　ㄉㄟˊ！是亞培！」
「不是阿杯！」

也有打去澳洲
跟對方說「我是寶珠」
對方或寂寞，或在一失去時間感的石化靜躺
像是一整禮拜就等這個故鄉打來電話
但弄混了，也跟著像小嬰孩說
「我～是～寶～珠～」
然後母親起頭帶她念起心經（她們可熟了）
等那頭像放黑膠老唱片轉動起來
或因怕電話費太貴
母親會悄悄把電話掛上
其實
那就是我內心想像的
母親和她那些老姊妹們的
沒有文字或圖片的
臉書啊

虛空有盡　我願無窮

日昨和母親、哥哥、姊姊
一同到父親的靈骨塔祭拜，探望
這些年皆如是
我們跟著母親
在那像圖書館挨擠鐵櫃
每一小格俱是一張張亡者的照片和姓名
的靜寂昏暗走道
找到父親那格位的下方
一起念頌著
佛說阿彌陀經，往生咒，心經……
（母親會給我們一人一小本這種「懶人包」形經書，照
著念就是）
我常覺得我們母子四人
在這樣除了我們是活人
四面八方全是神燈巨人般住在他們骨灰瓷罈裡的
上千亡靈包圍的場面
好像在舞台上對著黑壓壓觀眾席
演奏大提琴（無伴奏安魂曲？）的四個孤單樂師喔

母親髖骨大手術後
自然哥姊是搬張椅子讓她坐著念
我要老么憊懶說我腳底筋膜炎不耐久站
所以也搬張椅坐母親身旁

那經文悉哩蘇嚕又各種燄光佛啊妙音佛不斷迴旋盤桓
我自然是人渣學生念課文
跟著嗡嗡嗡朦混
就度咕流口水睡啦
恍惚中竟夢見父親
像猴兒從那靈骨塔頂上櫃格推門攀爬而下
我父生前是個嚴肅之人，身長一米八
印象中不可能有此調皮舉動
他落了地
又變幻成高大模樣，寬衣大袖
一臉笑意
母親、哥、姊皆不在身旁
父親像我兒時人前嚴厲，但只有我們父子獨處時
會偶爾柔慈甚至好玩的
捏捏我的鼻頭
像在一個我們皆融解其中的光暈裡
說
「就是像你祖父」
還是一臉笑
驟滅
還是念經的身旁的母親、哥哥、姊姊
我跟著翻頁對上
突然念到一句似乎字義上看懂的

「虛空有盡　我願無窮」
覺得像詩那麼美
眼睛濕濕熱熱的
即使啊到我這年紀了
被亡父讚美了（即使只是蓬煙幻影）
還是心花怒放啊

牠的全名叫雷震子

姊姊代母出征
去參加一個聽說超強力的法會
現場要把這種超強力（據說數萬人一起念唵嘛呢叭咪吽）
迴向給祖先、親人
姊姊把我們家人相關親友的名字都默念迴向了
想說幫我的狗兒也祝禱一下（雞犬昇天嗎？）
於是，她內心跟菩薩念了那些狗兒的名字
端硯、牡丹，也念了宙斯
但是
迴向到雷雷的時候，卻卡住了
她想不起，我們，胡鬧的這一家
給那隻狗取啥怪名字？（而且是阿甯咕取的）
印象中是很響亮的名字
雷公嗎？好像不是？
雷鳴嗎？（那是我們那年代一位老演員）
雷洪嗎？（那好像是個三妻四妾的老猛伯？）
雷神索爾？沒那麼長？
雷、雷、雷啥呢？
雷丘嗎？雷哈嗎？（是哈雷吧？）雷諾嗎？（那是個探
長或汽車或原子筆的名字好嗎？）
我說「你就說雷寶呆就好啦？」
「不行，這種祈願一定要說本名
譬如我也不能說『迴向給阿甯咕』

一定要全名」

瘦尬！就是說你要迴向給白龍

一定要說「振早見琥珀主」

不能說白龍

「所以？妳後來是說了哪個名字？」

我姊說「誰叫你們給小狗取那麼怪的名字？

我就想好像是個天神的名字

我就說（變小聲）迴向給『雷雨師』……」

我大聲哀號「那是誰啦？妳是受了《總鋪師》的洗腦了
吧？」

嗚～可憐的雷寶呆

沒有被超強念力迴向到！

河流

我父親是個非常慷慨的人
（他是太陽坐命）
據我母親說她剛嫁給我老爸
一直到我們搬到永和
和我爸帶著我們三個孩子
很長一段時間過著標會養會，月底就發愁的日子
全因為我老爸
延續他四十歲前單身漢的慣性
那些結拜兄弟（當初一起從大陸逃出來的）
有要結婚的、把馬子的、失業的、被倒債的
全來跟我爸開口
我爸也從來二話不說豪邁說「哈哈哈哈，沒問題！」
說來我爸很像Keroro裡的556
他一生也幫助過無數學生
所以他到老
兩袖清風
反而那些叔叔伯伯有的混得極好
偏我媽也是個慷慨的女子
他們互相欣賞，互相讚美對方的慷慨
是以我們家後來不是很可以（唉大家開心就好）

但我爸口中
他的老爸（也就是我不曾謀面的爺爺）

好像是個更屬害更慷慨的傢伙
更大號的556
據說當年在南京江心洲島上
我爺爺是殺豬的
當時可能那島上的人都窮吧
逢年節窮人們買不起
到攤子前哭曰
「駱大爺，大過年的想給小孩吃點肉，包餃子
可否賒個三斤肉？」
我祖父大刀一砍（像556那樣豪邁的）說
「三斤哪夠！來！五斤！給！」
所以好像比我老爸更窮
祖母有時家裡無法開伙了
要我爺爺出去多少要點帳回來
我爺爺愛面子（或人家真的窮得沒錢）
常跑去那些賒欠多年肉帳的人家
蹲門外跟他們抽旱菸哈啦
聊得超爽
天黑了才灰溜溜的回家
（忘了任務）
我爸十四歲那年我祖父死了
孤兒寡母窮到爆
江心洲上那些鄉人說
「這駱大個（我祖父身高據說有一米九）一生仁義
我們也該把債償還給人家孤兒寡母的」
據說那還的賒帳錢
讓我奶奶他們買了好大片的土地

（不過命運多舛

共產黨打下南京後

打地主時

我大伯父他們卻因這些地

被當地主鬥爭

我爸每說這就很生氣

「我們哪是地主？你奶奶可憐跟你爺爺這個性

一天好日子都沒過過！」）

我祖父的故事是從小我爸說給我們聽的

後來我又說給我兩兒子聽

不過每次都講得怪怪的

「你們爺爺的爸爸

也就是我祖父的爸爸

就是你們老子的老子的老子

他可是個慷慨的人哪……」

然後我要學記憶中我父親從前學他父親的豪邁模樣

「諾！三斤哪夠！來五斤啊！」

當然我跟我兒子們說這些時

他們都打哈欠

「爸鼻你又說這個啦」

他們開始模仿我空洞的模仿

「三斤」「五斤」

事實上

我完全不知道

這個父的父的父的形象

從最初的性格

到被傳奇化描述成一種發光、神往的「別忘了你該是，
你體內有的血液」
它後頭是怎樣的一種情感
害怕自己成為一長列時光羊隊裡
弄丟該傳遞祕密訊息的那隻
害你的後代從你開始脫離那支祖先的隊伍？
問題是這一代一代像賦格變奏的「慷慨，556，光棍」
其實各自在他們不同的一生
使他們成為某些意義倒楣的人
無法有錢的人

我父親晚年陷入阿茲海默症大腦萎縮的記憶迴圈裡
重複的總是哪個誰誰誰忘恩負義婊了他
我記得我在他故障陷入那暗黑的壞毀小迴路時
在那他困在老屋客廳小角落對我說著那些
我幾乎全不認得，甚至都已死去的人名
我告訴自己我老了絕對不要變這樣
我孺慕懷念那個高大敞亮呵呵笑著
「我為人人，人人為我」的父親
那個556
有時我發現兩兒子為非常瑣碎之事在鬥嘴時
會震怒訓斥
「我們駱家的男兒怎麼會為這種事在斤斤計較?!」
那完全是我爸從前的語氣
其實
這有一個近乎職業運動員的自我調服
人心繁複，你無從解

一條河流的河床、石塊、漩渦、水流變化纏繞、清與濁
的微妙分界、造成枯竭或流動的地貌
但你總希望一生可以經過很多條河流
不要因某一條河流的窟窿或險灘就困絆住了
我希望我的兒子是像我祖父或我爸
「唉唉」迷惑一下，然後又「哈哈哈」的往前奔行

秋陽似酒

父親中風癱倒之前
記憶中仍是那個嚴肅高大的形象
我記得
有一次
就是在和這兩天同樣的秋日陽光
我們一起站在深坑那房子的院落
一旁是父親忙活好一陣弄了兩大缸荷
當時還是抽出細細銀綠小錢幣，亭亭嬝嬝的幼荷葉
後來反倒是父歿後
這兩缸荷翻翻翩翩，像枯墨，暈染，濃淡，筋展或葉緣
泛金
長得熱鬧轟烈，入夜蛙鳴似雷

但那個許多年前的秋日裡
父親抱著當時還一歲多的阿白
我們父、子、孫三個一起曬著那
我形容不出是涼爽或暖和的太陽
某些時刻我站在父親面前
會無來由的靦腆
好像我那時也三十五六啦
我在我自己的妖魔世界不知在孵養什麼恐怖噩夢
在父親一生相信那「孟云取義」的剛正陽性世界之前
就是冒著泡泡融化的怪玩意

父親一定非常迷惑我寫的到底是什麼心竅鑽進怎樣冷酷
扭曲的鬼域
但他還是相信祖父（他父親）的家訓
「愛重讀書人」
我父親曾擔憂我將來如何養家
說了一句供養人的話（其實唉他自己兩袖清風）
「就算你不是我兒子，只是我恰遇見一這麼執著搞創作
的後生
我駱某人也要支持你」

但其實那時他已啓動，進入阿茲海默的神祕旅程了
我後來不太有那個秋日午后
父親那麼爽颯、清醒的感慨生命或時光的什麼
那樣的形象記憶了

我記得父親當時
像無限珍愛這樣的人生幾度劫毀、失落、傷懷
卻有這麼一刻，浴在一片薄金般的安靜陽光裡
懷裡還抱著那可愛如大頭狗的孫兒
父親說了一句
「秋陽似酒啊」
我一直以為這又出自哪句古詩
後來才讀到，原來是劉大任先生的一篇小說名

父親過世八年啦
今天我發現一件怪事兒
大兒子阿白（當初父親懷裡那個小貝比）
竟然個頭兒超過我，比我高（那麼一咪咪）啦
我比了比，確定後
第一時間說「混帳！敢比你老子高？」
結果出門趕稿時
卻遇見這樣好像和好多年前一樣
稠醇金黃，醺迷惘然的秋天陽光

復仇者聯盟

我母親小時候家境清寒
她是養女
我阿嬤待她頗苛
當時小學畢業就沒打算讓她再讀
可能那個年代許多貧困人家的女孩皆如此
但偏偏我母親很愛念書
畢業時還拿了市長獎
後來是她的導師跑去家裡勸說
我那當總鋪師（但貧困）的阿公才說讓她去念吧
但好像她求學過程還是為了家計
在學校當工友或保健室幫校醫當下手
她們家在大龍峒保安宮後的窄巷內
有點貧戶的意思
那時還是點煤油燈
她都是跑去附近孔廟借他們廟廊下的燈光
讀書到廟要關門了
（其實我都是小時候聽她說的印象，不太記得了）
偏偏我不知從何時起
整個青春期都是最後一名
所以母親（我父親也是從小孤兒，失學，自己苦讀）是
個「好學生」
這個意象
總有一種朦朧的勵志黑白片的光影

但母親一路也不太管我們功課
她總說自己童年太苦太苦
希望我們有個快樂童年
我老爸非常嚴厲
但我們從小，我母親非常愛帶我們搭公路局
一路顛啊盪啊感覺很遠
到基隆海邊、大溪、外雙溪「遠足」
關於她「曾全校第一名」這事
有個魔幻的回憶
當年，不知哪位市長的異想天開
讓全台北市小學全校第一名的小朋友
不分貧富
一起搭一次飛機
也不是飛到譬如花蓮、台東、澎湖、高雄
就是飛機從松山機場起飛
我想應該也是螺旋槳的小飛機吧
繞著台北上空飛一圈
然後再降落回松山機場
我想像那個年紀營養不良瘦弱的母親
就像《螢火蟲之墓》裡
那馬桶蓋頭穿破舊小學生制服的小女孩吧
但不可思議
那個條件，那個貧窮年代的她
在那麼小，就搭上轟轟嗡嗡的飛行器
真的「飛上天空」了
她的眼睛應該像小動物非常非常
貪婪看著那樣高度下的

那個還沒啥高樓的台北盆地、山巒河流、小小如棋盤的田地和房屋吧

想起來

我很感激當年不知是市長還是教育局長

不知誰會想出這奇怪的點子

那給我那時像活在黑暗不見未來一絲希望光源的我母親

有一個神祕的

像鳥自由飛行的至福時光

我今天想起這事

跟兩呆兒說起奶奶當年小女孩飛上天（當然還有別的一些小朋友）

的故事

他們都聽傻了

但剛拿掉「壽星免死金牌」的小兒子

不怕死又問我

「爸鼻

那你那時不是都全國，喔不，全校最後一名嗎？

那當時政府是集中這些小朋友去幹嘛？」

我非常生氣說

「怎樣？能幹嘛？看守豬圈嗎？關毒氣室嗎？你小混蛋功課是有比我好多少嗎？」

後來我問他

「好吧，如果你是政府，你要把這些最後一名的怎麼樣？」

沒想到這傢伙用拳頭捶捶胸膛（可能他入戲覺得自己也是這最後一名集團？）

豪邁地說

「我要集中他們，組一隊去划龍舟！」

慈母

今天回家
跟老母說
「最近心煩」
母問何故
曰：喔不，我說
「夏天快到啦，我最愛吃的剉冰
必加的米苔目、粉圓、芋圓、小湯圓
全有毒嗎？
毒死我好了！
我要吃剉冰！」
母親勸戒著我
一面慈母手中線幫我縫長褲口袋（長得像白舌頭）的破洞
最近零錢、賴打，或扁罐曼秀雷敦，都涼涼的從褲管
匡啷啷掉到鞋子旁
有幾次還嚇到便利超商收銀美眉
母親幫我縫著那像舌頭吃了毒米苔目被燒破大小洞的褲
子口袋
一邊跟我說「諸法唯心造」的道理
說有一次姊姊跟她抱怨在念書時
一個口臭的人
特愛近距對著她的臉講別人是非
那個口臭，像噴效殺蟲劑有霧狀狂噴著我姊的鼻和嘴
我姊當然就表演阿飄菇菇，或漫畫眼睛打叉或@@的痛

苦表情
我媽說
「非常奇妙
那時，我聽你姊說著這多年前口臭人的口臭
突然真的聞到一股惡臭
非常真實
我跟你姊說
欸妳說的那個口臭我怎麼『觀想』到了？
可憐的孩子，真的有夠臭的」
我姊愣了一下
說
「媽，那是我瓦斯爐上在熱臭豆腐啦」

我不知道母親跟我說這段
和我憂心夏天吃不到米苔目黑糖剉冰
之間有何關連？
但我是個孝子
裝出一臉大徹大悟，悲歡交集的表情

回家後
開電腦收信
發現姊姊寄來一張母親要她寄給我的照片
說

「歐咖咖（我們私下這樣稱老母）說
忘了告訴你
院子那棵歐多多（我們私下這樣稱呼先父）種的木蓮樹
又開了三朵
朵朵比人臉還大
歐咖咖要你心中少瞋忿，多一些芬芳」

怪葉子

姊姊又寄了一張照片給我
寫道
「歐咖咖叫我寄這照片給你
說最近院子裡
一叢一叢冒出這樣的大葉子
她不知這是什麼植物
但雨後搬凳子坐在院子念經
那些大葉子四面左右包圍著她
翻動著
好像「嘩啦嘩啦」在回答她
她自己感覺
很像佛經裡說的蓮葉
歐咖咖要你內心少暴戾之氣
要像個爸爸的樣子」

我看了照片
心裡想
「這跟蓮葉長得差很多吧？」
再想
「我哪有不像個爸爸的樣子？」
仔細想想
是有點太沒人君之威儀了
遂踱出書房

把兩呆兒召至面前（這就叫庭訓嗎？）

「咳咳

嗯

最近在學校有沒有人霸凌你們啊？

有的話告訴做爸爸的

我幫你們去『猙獰』一下

還有

有沒有偷偷喜歡的女生啊？」

他們倆如常露出對父親不敬＝＝的表情

敷衍我

「沒有，父親大人」

我實在腦袋也空空的，一時想不出有啥人生大道理要訓

斥的

「真的嗎？對我沒什麼意見嗎？」

「沒有，父親大人」大兒子說

然後小兒子說

「你乖舸，趕快進書房掛網

不要吵我們」

我一時氣勢就弱了

星座的年紀變化

星座是有年紀變化的
譬如我年輕時（還沒談過感情時）
我理想中的愛
是「直到世界末日」
「把你的影子加點鹽醃起來風乾老的時候下酒」（雙
魚？）
也許是月天蠍
特喜歡死生相許、灼痛的貞誓、刻骨銘心
在我年輕時
最不符合這光譜的
正就是雙子
我年輕時不信雙子男女的誓諾
說到底就是「生命中不能承受之輕」
然我母親就是雙子座的
（當然我懷疑她裡頭有些巨蟹之類的星
不過今天不是談我母親的星盤）

我是個典型牡羊兒子
可能從青春期開始
作娘的就要有「這孩子出門了就當丟掉
回家就當撿回來了」
如我說的
我國四班時就開始跟一些少年哥們鬼混

冰宮、彈子房、抽菸、打架
高中時被教官盯上
成績總是最後一名
我父親總被這「孽畜」「駱家不肖子孫」氣得半死
但我娘卻總可以「它強任它強　輕風拂山崗
它橫任它橫　明月照大江」
始終信任我，放我飛出去，弄得天翻地覆回家
她再說一句「人沒事，就好」
我也蹺過家，跟哥們搭火車想下南部「闖一闖」
然後
不同階段
我會沒頭沒腦回家，撂一句對她而言
應是外星人的話吧
「我不考聯考了」
「借我五萬塊，我哥們很窮很可憐」
「我決定要當一個小說家，然後三十七歲時像梵谷那樣
自殺」
「我打人了，可是是他們欺負一個可憐人」
「對不起，我留校察看了」
「我好像得罪前輩了，文壇混不下去了」
「我沒工作了，但妳媳婦好像懷第二個孩子了」
如果我娘是處女座或巨蟹座
她會不會早被這闖禍兒給搞瘋啦
或她就如我是牡羊座
會不會觀看這傢伙耍任性的中途
就失去耐性抓狂將我打爆？
說來我真是所謂李哪吒投胎那樣的妖怪兒子吧

風風火火，興興轟轟
完全不管旁人的想法
愛朋友勝過愛親人（這是一位算命仙說的）
後來我爸過世了
我媽變很宅
腿後來又摔斷，吃了不少苦
我們總擔心她得憂鬱症
但她總能熬過那生命死蔭之谷
像朝顏花一樣又亮亮的綻放
關心她的老姊妹
這些年我實在忙亂
有時她打電話給我我也沒接
之後又忘了回
但每帶小孩回永和，或想起，打電話回家
她總是開開心心，總是笑咪咪的
完全不干預我到底把生命過得怎樣混亂
像我的唱片不論從哪一段放下唱針
她都相信那是別人無法替代的，我這個人獨特的歌曲
她教會我信任一個人
就是完全的信任
有時我講外頭世界的暗潮洶湧
她像小孩兩眼圓睜，聽我說
像只是好強不要被看出她底害怕
後來哥哥、姊姊才說我
「那天你走了，歐咖咖擔心你，整晚沒睡啊」
後來我想
這就是雙子，到了老年時的美麗之處吧

她不黏著，輕盈自在
我之於她
仍是那個「回來就是撿到了」的兒子

這一年
大兒子上了國三
好像升高中啥麼甄試還是啥的壓力真的出現了
有時學校很晚才下課
或也青春期彆扭吧
好像只剩小兒子廢材和我胡鬧玩樂在一起
今天下午
我回家後
咦怎麼過了五點半
小兒子還沒回來呢
心裡不覺就浮躁起來
我是個牡羊粗心大意的
但後來竟開始胡思亂想起來
「是不是在路上貪玩被車撞了？」
「是不是被壞人迷走啦？」
都是妄念
卻被那掛心折磨
最後小屁孩回來了
原來是這天放學有「樂樂棒球社」
想想我對那「兒子出門當丟掉」的動心忍性功夫
要把風箏線鬆手，別攢著不放的功夫
還只是剛起步啊

解譯

我記得小兒子小時候
還不太會說話
就是不太會使用人類語言
但就非常愛嘰嘰歪歪，不是，嘰嘰咕咕發表意見
但不知爲何
當時四歲吧的大兒子
沉靜內向
但卻能翻譯，告訴我們他那屎屁弟弟在說啥
「@#$$@@%$*^呱啾」
「他的意思是，他大便在紙尿褲上了，臭臭」
弟弟說
「哈姆%^%$#@#$%^^ㄅ啦」
「他說，他想要玩ㄅㄨㄞㄅㄨㄞ馬」

我記得當時我非常驚奇
他如何知道這小屁孩的外星語言？
莫非是心電感應？
或是他胡掰，整這個出生後就令他不爽的口水屁孩？
但我們照著他翻譯的指令給予那嬰孩要的
那小弟弟都笑得非常開心
那種開心是「終於你們懂我」的暢快
這種奇蹟我只在軍曹卡通裡
看到556總是「哈～哈～哈～哈～哈～」笑

同樣的笑容、笑聲
但只有他的妹妹能解讀
「哥哥很迷惑」「哥哥很傷心」「哥哥生氣了」
但，幹，他不是都在豪邁的笑嗎？

當然
他們長大以後
這種心電感應的能力就消失了
但是我母親
七十多歲了
父親過世後她便宅在永和老屋
不愛出門了
但似乎仍保持這種奇妙的「解譯能力」
有時我帶兩呆兒回永和探望奶奶
他們的姑姑跟我說起從前在外商公司總總「亂世浮生錄」

「那個賓拉登後來告訴我
那個大屁股離開後，小屁股想要占她的缺
亂給自己開受訓假條
然後呢那個臭嘴的就和大蕃薯聯合起來
整嫖妓狂
嫖妓狂跳到別家後
PRADA惡魔就盯上賓拉登了」

說實話我完全聽不懂她在說啥
但我母親卻一臉慈祥
一邊聽一邊很暸的微笑點頭

還勸告

「妳要勸賓拉登，小人難防啊

她還有房貸，不要惹PRADA惡魔啊

這是娑婆世界的修行啊」

弄得我一旁想像《功夫》裡的包租公哀嚎

「你們可不可以不要說外星話啊？」

母親還會慈祥的跟我解釋

「這個小屁股跟你一樣是牡羊座」

他馬的他們是誰和誰啊？

為什麼我哥也一臉聽很瞭這些啥麼啥麼之間的關係和恩

怨？

昨天

我聽到母親和小兒子討論

「那你後來有拿到『戈爾札德』嗎？」

「沒有，我拿到日本版的天使蛇」

他們在說什麼？

他們為什麼好像跟一些我不認識的外國人都很熟的樣

子？

為什麼只有我聽不懂他們的交流討論？

（崩潰＝＝"）

夢遊

昨夜睡前
已吃了小史
小兒子提醒我說
「爸鼻，我們倆要上樓巡一下吧？」
當時藥效已開始發作
但我還是領著兒子上樓了
主要是把前後兩端的排水孔洞都疏通一下
去年就是颱風大雨，阻塞後整頂樓淹成游泳池
但我想那時的我
已在半夢遊狀態啦
風雨啪拍中，後來我記得的畫面
我們父子，把幾株較高的木瓜啦、玉蘭啦，都搬到倚矮
牆邊
像是灰綠濛濛的印象畫

一夜好眠
今早上頂樓
大花盆們吹得東倒西歪
出門
滿巷都是斷樹，不少極粗的樹幹整根折斷
這才感覺昨夜強風肆虐的威力
下午一家走去
經過森林公園一側

可能已有路燈管理處的約略整理一輪

但空氣中仍極濃郁的樟木的芬芳

路邊有極粗的，被鋸成幾截

有點像海邊漂流木那麼粗個頭的斷木，裸出好木柴的紋
理

兩呆兒非常興奮，像小動物在暴風雨後探頭出洞穴

說可能是從出生來遇過最強

小兒子說

「爸鼻

昨天你下樓後

一直喃喃自語說『喔我現在是在夢遊』

迷迷糊糊就走進臥室睡了

過一會你突然又跑出客廳

我以為你又要開始夜晚暴食，吃光我們屯積度颱風的泡
麵

結果你跑起來打電話

我想那時十二點咧

你要打給誰？」

我說

「等一下，十二點你這小學生為啥還沒睡？」

「我想看颱風登陸是什麼樣子」

「那後來我是打給誰？」

「你竟然不記得啦？我就知道！你那時一看就在夢遊

我認爲你是打給奶奶

你對電話說『媽咪，我是嘟啦，颱風來妳要注意安全
喔』

然後就又回去睡了」

我眞的完全不記得了

完全沒有這個印象

我說「眞的假的？我半夜還打電話把奶奶吵醒？」

趕忙打電話回永和

母親接到電話笑得很開心

說昨夜風雨好大，她也還在念不知我們這邊好不好

我問她昨夜我有沒打電話去把她吵醒

母親說「啊！你有打來？ㄟ對耶，我好像迷迷糊糊有這
個印象

我還以爲是我作的夢咧？啊都不記得你跟我說甚麼了？」

眞是夢遊兒子打電話給夢中母親啊

輯六

狗大哥

世界

第一次
帶牠們走出那牠們以為就是宇宙
的公寓小框格

平時每個深夜
牠們像秋狩的駿馬長腿的在狹長客廳跑著
發出獸的呼嘯
我以為牠們長大了

誰知道才出我家門
每一隻都腿軟
連一格階梯都走不了
又像當初在收容所鐵籠裡可憐兮兮偎擠一塊

硬拖著下樓
樹葉翻娑的聲音
車聲
巷子拉遠的視覺消失點
別的狗留在牆角的尿騷味
水溝邊小草上的小粉蝶

我告訴牠們
「這就是世界啊」

口頭禪

小兒子最近學學校老師的口頭禪
訓斥整個白天在公寓睡得熱呼呼的
兩隻傻狗
「你們兩隻，散散漫漫！」
不想我家黃狗和黑狗是
說不得小姐和說不得先生
趴在牆角憂鬱
我說喂
人家每天忠實勤懇看家
（但確實雷寶呆像頭小黑豬四腳朝天睡著）

說來我有許多訓斥兒子們的氣極口頭禪
也是下意識從小時挨父親罵的怪句
不自覺就從口中冒出
「誰給我再甩頭甩腦的？」

「是皮在癢了嗎？」
「有沒有看到大人在忙還二百五？」
被處罰時難免眉眼垂塌
又被罵「不要作出一副王八羔子的模樣！」
「作死啦？」
其實我也不知道我爸是從哪兒來這些怪罵人話
總之和我後來少年時鬼混的七投仔罵人（應也是從他們

老爸那學來？）
完全不同路數

有一天
我聽到小兒子斥罵他超溺愛的雷寶呆
（因為又把沙發摺好的衣服咬下地玩）
「不要那麼豬頭傻腦、神頭鬼臉的！」
心中一驚
那不是小時候犯錯
父親震怒時罵我和我哥的話嗎？

一時昏亂差點蹲下在傻呼呼的雷寶呆旁
一起裝無辜
後來想
媽的
應該是這小子學我罵人的模樣啊
這可真不妙
不良示範啊
但又覺得好像把父親的氣勢不知怎麼一滑手
就在時光跳島中傳到這小子那兒啦
但我又深知
（後來我才知道了）
那裡頭有一種父親對兒子（或男孩對小狗）
不知如何表達親愛的
和他面對外面世界完全相反的
嘴角是抿起的笑意

牡丹

日前跟小兒子搭高鐵下台中
我想對他而言
或是一北野武《菊次郎的夏天》吧
我們一路耍寶
他揹著當初我帶宙斯下高雄給炮輝的那只背籠
天氣非常炎熱
高鐵各車廂坐得非常滿
但他非常像小學生遠足
充滿好奇
吵著要我帶他去車上的投幣販賣機買可樂
或跟我耍嬡想換不坐中間那座位
（因爲我們買到三連座的走道和中間
靠窗坐著一位聽耳機睡覺的叔叔）
總之
我們倆非常像阿呆與阿瓜

其實
我們是要去接小狗牡丹
因爲牠的主人家裡遇到一些困境
但這一年半他們給了牡丹一個快樂奔跑的童年
總之
我們父子
達叔和周星馳

洪金寶和周星馳

鄭則仕和周星馳（對不起我想不出較小隻的痞子還有誰）

我們又換了台鐵

終於接到牡丹丹

混亂中帶上計程車

小兒子說

「牡丹丹長得好像鼬獾喔」

真的，我心中暗想，是頗像

但從照後鏡看到運匠警戒的臉

便要小兒子閉嘴

總之

又搭高鐵

因為裝箱，完全合法

但因這陣氣氛緊張

有列車長來巡車廂時

我本能就把狗箱朝內藏

一路順利的把牡丹丹帶回家啦

當然被恰查某端端狂咬一頓

我也揍了端端一頓

訓斥牠要愛護親妹妹

牠當然很傷心

我又要安撫牠

又要安撫受驚嚇的牡丹

整個過程雷寶呆都是傻呵呵的和平大使

混亂的一天算是平安度過啦

睡前

小兒子對情緒還不太穩的端端

傻呼呼四腳朝天睡姿的雷寶呆
和似乎慢慢回憶起童年這屋子記憶和空氣的牡丹
精神喊話
「從今以後
小袋鼠（指端端）、小黑熊（雷寶呆）、小鼬獾
你們要相親相愛喔」

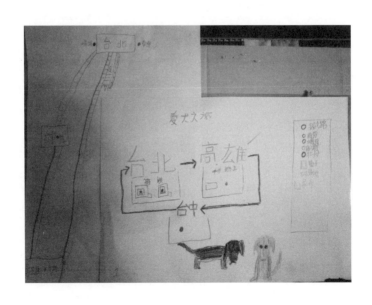

屎ㄆㄨㄣ

昨天
端又咬了牡丹丹
我又揍了小端
反正混亂中
小狗撒尿了，並掉出幾粒小屎
咬人的和被咬的都ㄍㄡˊ到身上
又乾了
晚上屋裡空氣哪兒都一股說不出的屎ㄆㄨㄣ味
要睡時
狗兒魚列上床
牡丹丹躺我身邊
一股濃嗆的屎ㄆㄨㄣ味讓我窒息
她又一直往我臉上蹭塞乃
我叫小兒子把屎ㄇㄚ獲抱他那兒一點
這不孝子不肯
我哀鳴說
「你小時候，天上有屎ㄆㄨㄣ掉落
我都幫你擋
現在爸爸老了
有屎ㄆㄨㄣ來你都不救我」
他說
「有嗎？
爸鼻

我小時候
有一次我們去花蓮
我手伸出車窗外
剛好一坨鳥屎掉在我手上
你不但不安慰我
還很快把車開去彩券行
還要我用被落鳥屎擊中的那手去簽」

他指責得我啞口無言
過一會他又說
「我發現用踩狗屎或中鳥屎
然後去簽樂透這招
有兩種是無效的
一是，你故意去踩狗屎然後想中
二是，那動物是故意用屎ㄆㄨㄣ攻擊你
這也不會中」
「哦？何以見得？」
「有一次我和媽咪、葛格去爬紗帽山
樹林中有一隻怪鳥
像雞又像鴨子
牠對我們怪叫，然後飛上樹梢
我也對牠亂叫
那時我年紀小太皮了

後來我們下山時
又遇到那怪雞
我又對牠呱呱怪叫
牠就飛不見了
後來我們往前走
我走在媽咪和葛格中間喔
那隻雞竟躲在樹叢上
往我頭上拉下好大一坨巨屎
超準的」

我哈哈大笑
說「這麼聰明又壞的雞，跟我們阿波有拚啊
那你那時有沒有哭？」
「沒有，媽咪用濕紙巾幫我擦了
但後來下山，她竟也說我們去簽個爸鼻那種樂透吧」

端端

有一天
小兒子突然感慨
「可憐的端端，她的弟弟是這麼傻的……」
我說「你是突然體會你哥的心境嗎？」
他說「不是，是雷寶呆太傻，什麼亂七八糟東西都吃下
肚
拉的大便都有塑膠啦、紅色藍色的布啦、木屑啦
這對端端應該是很大的困擾啊」

這說來話長
我家端端是個大美女
而且眼睛超會說話
性情也像有教養女孩兒
行走動臥總有一分像古代格格踩屧鞋走路，裙裾輕搖的
優雅嫻靜
而且非常有情有義
（這是我們一致公認）
特別是對妻
每每回家
從公寓樓梯上到三樓
兒子們「放狗」
男生雷雷就像一般狗兒迎接主人
歡欣撲搭亂舔

這端端則是像哼小調的

嗚嗚唧唧，如泣如訴

像在說話埋怨你將她遺棄這麼長的時間

久久不止

她弟雷雷送去閹蛋蛋那天

她一直守坐在門口

我們喚她也不理

癡癡的等著

我覺得端端就是那種，日本電影曾拍

主人死了，牠還每天到車站守候，直至自己也死去的忠犬

她弟弟雷寶呆

唉

則有點傻

我們有時也感慨

「唉唉，雷雷應是當初那一胎小狗裡，智商最低的吧？」

但每天傻頭傻腦開心跑來跑去

個子明明比姊姊大許多

但就是整天被姊姊霸凌

恰查某端端常嘴裡咬著自己那塊骨頭

隔了蠻一段距離

用她的美目一瞄

嘴裡V～V～V～低吼威脅兩聲

那頭雷雷則一臉害怕

嘴一鬆，骨頭「夸」掉地上

「端端又在霸凌雷雷了！」兒子們喊

我說「這也難怪她，連我都喜霸凌雷寶呆啦」
但是
像上帝開的惡戲
端端這麼美的女孩
卻有一見不得人的壞嗜好

她，愛吃狗屎

那個畫面真的讓人不忍
那麼美、端矜的一張臉
看見狗屎
眼睛卻如夢似幻
無法控制的衝上前
哈姆！一口吞下
那個美！等淚花濛上只差沒喊「歐伊西」的賞鑑激情退
去後
她似乎上輩子是人的記憶浮現
一臉非常、非常複雜的羞愧感
真的
那絕對是一個美人兒才會有的神情

講到重點了
問題是
在我們這個封閉的公寓裡
每天能為端端提供狗屎的
就是她那個傻頭傻腦的弟弟了
上帝惡戲的古怪設計是

1雷雷千傻萬傻但不吃狗屎

2端端不吃自己拉出來的「自產品」

我也不知爲什麼？

所以嘍

在這一部分

雷雷就是端端的霜淇淋機器嘍

（登──握把壓下，甜筒杯在下接住，輕旋轉那種）

有幾次

深夜我聽到雷雷在大便

衝出客廳

目測五顆屎

我衝去拿塑膠袋和衛生紙

一、二、三、四

第五顆就是快不過也從書房衝出來的端端

哈～姆～

快速一口吞

（當然又是一臉恥愧）

在我們家

於是

傻狗雷寶呆屙出的熱呼呼大便

成了搶手貨

像飛往外野的高飛球

所有野手全飛撲過去

「我來！這個我來！」

但是

如果妳的霜淇淋製造機

是一個低智商底迪

他每天傻頭傻腦，抱著拖鞋、塑膠袋、信封、橡皮球、
絨毛玩具亂啃
啃完把碎屑吞下肚
那麼拉出來的屎
就摻雜了各種阿里不答的怪東西（我還看過有筆蓋）
而端端就只能
即使她的氣質亂像一位真正懂吃的美食鑑賞家
但就是只能皺著眉
把那些奇怪添加物的狗屎吃下去

有一天，妻問小兒子
「用八個字描述端端？」
曰「捍衛弟弟，自己霸凌」

「七個字呢?」
「有情有義愛吃屎」
「那雷雷呢?」
「傻頭傻腦只拉屎」

我和大兒子在一旁欽佩的鼓掌
「太精準了!太精準了!」

美麗端

喝醉啦
有些美麗的女孩
曾對我說出一些我不理解的
對自己殘忍的話
那或是我無法勘透的幽冥結界
因為美而付出極大代價
長期意識到他人的視覺鏡像
像利刃在切削著自己
一種巴洛克的幻影
我常想說，別這樣吧
有一天妳會真正老去
但那樣的時刻仍非常美
花太多時光在自苦了
作為胖大叔
這種喝得醉醺醺、世界在眼前搖搖晃晃
的自由
上樓梯，回到家
狗兒舔我的臉
迷惑我噴出濃郁酒精的呼息
那種滋味真美好

小丫頭

夜裡
大家都睡了
我跑到後陽台晾衣服
晾完進門時
在那鋁門框處踩滑
摔了一跤
這兩年摔了幾次
後果都比年輕時嚴重許多
所以心裡很警覺
還好不是「空摔」（我曾在樓梯間整個滑倒摔到腰，或
爬高打蚊子從椅上空摔落地）
重力被門框摩擦卸掉了
只在腿、脛割出幾道外傷
我雖是胖子
但年輕時練過冰刀
在冰面上重摔過數百次吧
所以可能對身體失去平衡時
那眨眼之瞬、雙腳離地時
微調摔落的部位
是有心得的吧

重點是
躺在那門框之間

應該發出重物墜地聲響
但雷寶呆和牡丹丹各自傻呼呼趴著睡
只有端端
像女孩兒小跑步從客廳那頭朝我奔來
兩眼像會說話一樣
擔憂的，黑漆流動著你是牠生命中最重要之人
那樣的靈魂深處的著急
我一時仍躺在地上
感受並沒摔出大礙
但那時

和這隻小狗的眼睛平視著

而不再是以人類的高度，俯身摸她的頭或強大的怒斥

（當她咬牡丹時）

那約五分鐘的時刻

我像個衰弱、垮下的老父

她像波斯美女綠眼球那麼美的雙瞳

如泣如訴看著我

「主人，你怎麼了？」「怎麼辦我該怎麼救你？」

像療癒少女用她小小的舌頭舔我的臉

ㄍㄧㄍㄧ哭著

你說我能不偷多疼一些這小丫頭嗎

黑與黃

姊：好想成爲一個小說家喔
弟：但總要先試著寫吧
姊：但我們祖先好像還沒發明文字？

姊：你覺得夢十打得過夢一嗎？
弟：我們先想想加上宙斯、牡丹加五妹妹再練五年
　　打得過打不過傳說中的「黑色閃電」阿默吧

弟：妳覺得我們是什麼星座的啊？
姊：我是巨蟹吧？你可能是獅子吧？
弟：但我們和其他那幾隻不是同一天同一時間一起噗出
　　來的嗎？

姊：……

弟：妳有沒有夢過媽媽？

姊：有，我夢見她已投胎到下輩子了

弟：那她投胎當什麼了？

姊：好像變一隻拉布拉多

弟：還是狗？那她夢裡有沒有跟妳說話？

姊：她說「汪，好好，汪汪汪汪，嗷～汪汪」

弟：那是啥？

姊：就是「我知道你們現在過的生活，我非常開心：D」

公仔

今早在我家看到它
「哪來的雷寶呆公仔？好像！」

小兒子非常生氣
「那不是雷寶呆！那是我們以前在北京買的『凸眼豬』
它是凸眼鴨凸眼猴凸眼鯨凸眼貓熊凸眼老虎的兄弟！」

然後
他柔情又噁爛的低頭對（真的很像）傻呼呼的雷寶呆說
「喔！狗中的愛迪生啊……沒想到這世上
已經有你的圖騰、你的雕像啊
我們對您太不敬了」

王位

我在臥室咆哮
「誰在我枕頭上貼這張？」
這是這個家一家之主睡覺
放頭部的位置
誰敢公然陳橋兵變
連告示都貼出來了？

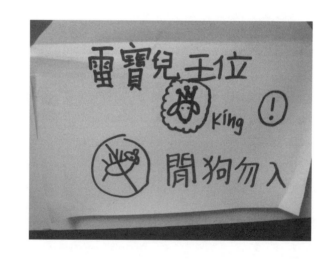

忘我

說起小黃
前幾天搭到一輛，運匠也非常會屁
說他當兵時當班長
下面有個兵
入伍前在高雄的三溫暖幫人「ㄌㄧㄚˇ鈴」的
問有專長的舉手
他舉手說會按摩
大家都笑
殊不知這樣的技能在軍中
是珍寶中的珍寶
你知道，後來他當兵當到，除了幫長官按摩
就是放假，就這兩件事
我說「怎麼可能？」當然這純粹是打屁時接話的虛問
「怎麼不可能？
他幫我按，實在按得太好
我介紹給我們隊長
我們隊長再介紹給營長
營長一被按，喔！人才
就又拍馬屁介紹給旅長
你他馬老子按摩的都是掛星星的
旅部每次去按完回來就是三天假條
誰敢不放？
裝檢成績太爛，旅長發飆

上面馬上打電話來要我送他去旅部
回到連上哪鳥那些排啊、破啊的
就只怕我班長」

我說
「真這樣厲害？」
「喔，你沒給他按過你不知那個神技
我退伍三十年了（我說啊看不出來：P）
再沒遇過那樣按摩讓你入仙境的師傅
你想
旅長那個胖子
他可以把人舉在半空，只用他膝蓋頂住
旋轉著
往尾椎上那截不知怎麼一扯、一架
你全身的骨頭劈里ㄆㄚˇ喇響
喔～那一刻，那種滋味（本來是阿杯的運匠哥突然變嬌
嬈的尖細聲）」
我轉頭看他眼角似乎都懷念得泛淚了
「那種滋味是怎麼樣？」
「那一刻，只能說，你真滴『忘我』了」
車上一片沉靜（運匠、我、後座兩呆兒）
似乎都深深被他描述的境界感動啦

後來就下車啦
沒想到小兒子把這段運匠阿杯的台詞惦記在心上了
前幾天
我發現超市竟有賣彈珠汽水，買回家

這小屁孩灌了一口，哈了一個滿足的氣
瞇著眼說
「啊～這滋味，這一刻，真的是到了『忘我』啊」
吃了爛肉泡麵，喝口湯
又說
「啊～這一刻，真正到達了『忘我』的境界啊」

我說他馬的不要一臉小屁孩樣
睡前
雷寶呆躺我和他中間
他提議我們父子來幫雷寶呆的後腳肉墊按摩
（我也蠻無聊男子就答應了）
雷寶呆確實被我們老小主人按摩後爪爪，一臉滿足幸福
還發出豬的咕嚕聲
小兒子說
「喔～這一刻，雷寶聰達到了『忘我』的境界啊」

雷寶呆 1

今天睡前

逗小兒子

說起當初差一點

在送走宙斯和牡丹後

差一點就要送雷寶呆了

「當時留下牠就是因為牠太傻了

擔心牠去人家家裡被不喜歡

既然現在雷寶呆像你說的變成狗中愛迪生

我想我們也可以安心把牠交給戰北杯他們家了」

「仔細想想，雷寶呆好像還是呆呆的」小兒子說

「人家那時候都準備好要迎接雷寶呆當他們家的新成員

名字都取好了

叫『Ready』雷弟，因為戰北杯家本來那隻狗叫『Woody』

Ready和Woody多祥和，多來勁？」

小兒子急了

對他摟在懷裡一臉傻貌的雷寶呆說

「哥哥不會讓任何人送走你

我們把爸鼻送去戰北杯家

給他取一個新名字

『嘟比』咦，這個好『Dooby』和『Woody』

一起在戰北杯家前面的陽光草坪奔跑……

這個畫面多親切感人啊」

換我崩潰
隔著雷寶呆去嘟他的胳肢窩
「他馬的你這個不孝子，才小學就想把我變『嘟比』送走
人不如狗嗎？作爸爸的哪點比不上雷寶呆？
爸爸傷心哪」

「那你不要再說要把雷寶呆送走那種話了」
黑暗中，雷寶呆打一個傻呆哈欠
跑來舔我的手
小兒子對牠說
「你可不知道啊，爸爸要送走你啊，是小主人拚了命在
留下你啊！」

後來小兒子睡著了
他懷裡的雷寶呆和腳邊窩著的端端都睡了
我突然想到
其實他說的是對的
一年前
一週內先後送走宙斯和牡丹
真的像《星星知我心》骨肉拆散
他們母子瀕崩潰邊緣
真的當時我就要送雷寶呆了
我也跟他們分析過了

到戰北杯家，他們門口是綠園道，雷寶呆去是過好日子
老哥兒戰，一家也做好準備要迎接「Ready」了
就是小兒子突然耍處女座
用亂哭的
作母親的也跟著哭
這
雷寶呆就這樣一臉傻相，不知自己人生命運改變
被硬生生留了下來

雷寶呆 2

小兒子有一種處女座的偏執
我每每以牡羊座之沙漠風暴與之對決
最終局總還是敗陣於他
「他強任他強，清風拂山崗
他橫任他橫，明月照大江」的
嗯，說實話我也不知那是啥卸力的韌性
他每次亂盧要個啥
不論一開始我是如何狂風暴雨，咆哮獅吼
甚至搬出我爸他爺爺如果在世
絕對不准總總
但不知爲何最後都是我被他抓到錯處
被他翻盤
被他逆轉
被他奸計得逞

譬如
他最近總愛硬說
「雷寶呆是全世界最聰明的狗」
我哈哈大笑
「我從小到大養過的狗不下二十隻吧
雷寶呆絕對是這裡頭智商最低的！
連我以前養過一隻傻狗多多
超傻

智商都比雷寶呆高呢」

小兒子一開始用哭鬧耍賴的
「我不管！雷寶呆是世界上最聰明的狗！」
唉這種事你怎麼可能認真呢
像你硬要跟你有愛吃臭雞蛋癖的小孩爭辯那玩意是真的
暴臭世界臭
那你能怎麼辦呢
我說
「這麼說吧
阿波（鸚鵡）的智商如果有六十
阿默應該有三十吧
宙斯和端硯應有二十
牡丹應有十八
你的中國火龍蜥應該有三吧
雷寶呆應該是二吧」

小兒子氣哭了
「我不管！！！雷寶呆是世界上最聰明的狗！！！」
那之後
每晚睡前
我（吃了安眠藥的迷糊狀態）眼前就有一個小學生的臉
不斷對我催眠、洗腦
「雷寶呆是狗界的愛迪生」
「雷寶呆聰明睿智啊」
「雷寶呆在沉思著宇宙的未來」
「雷寶呆能計算高等數學」

「雷寶呆……」
嗡嗡嗡嗡嗡嗡……嗡嗡嗡嗡嗡嗡
我非常像周星馳《西遊記》裡
跟觀音大士告狀唐僧有多囉嗦的
痛苦的孫悟空
像腦袋裡有一隻蒼蠅不斷盤旋

有幾晚我真的夢見雷寶呆那傻呆的狗臉
吐舌頭在跟我講述小說的奧義
「不！！！」我醒來真是餘悸猶存

今天剛回到家
小兒子就叫我看網路上一個
「幫你的狗狗測智商」的奇怪題庫
非常興奮告訴我
他每題都誠實作答了
結果雷寶呆得到八十分
那上頭有一段評估
「如果你的狗狗在七十分以上
恭喜你擁有一隻冰雪聰明的天才狗狗……」
他且一直跟在我身後要我自己填填看那題庫
「你的分數可能比雷寶『聰』要低喔」
「什麼是雷寶蔥？」
「就是『聰明的雷寶呆』啊」^^

「不！！！不可能！！！」我終於崩潰了
對他的鍥而不捨，牛頭梗咬死不放的意志
舉白旗投降

「好吧，仔細想想，雷寶呆確實是隻頗聰明的狗啊」

嗚～～～

雷公公

今天和小兒子帶雷震子去動物醫院結紮
專業的醫學術語叫「睪丸摘除術」
我們牽著那呆黑狗在巷子裡穿行
牠還不知將要降臨的厄運
非常興奮
吐舌頭滴口水拖著韁繩亂衝
還遇到恰好開車來的孩子們的媽
給我們仨拍了張照片

妻說
在家看顧端端的大兒子打電話給她
說我們一離開家
那端端就瘋了，歇斯底里在家中嗚咽來回狂走
以為我們又像當初送走宙斯和牡丹
將她那每天兩隻咬來咬去吵架的弟弟送走
原來這隻端端是個有情有義的女孩啊
後來我們把雷寶呆留在獸醫那兒
回家
整個下午
這隻重感情的女孩一直守在門口
不理主人了

下午我們待在家
還是耍寶說笑

但難免憂心忡忡
我對小兒子說
「爸爸錯了，早上不該叫ㄉㄟˋ ㄉㄟˊ
『雷公公』待會牠回來你不准這樣嘲笑牠」
這混帳跑來我書桌前
摸著我的頭頂
說「禿頭」
這什麼意思!?
是嘲弄我「我笑人人，人人笑我」？

後來去接雷公公，不，雷寶呆回家的場面
就不多說了
嗚，真是催淚："
我不該之前還要狠說
「我吃素那麼多年了
這次雷寶呆的兩顆蛋蛋
我一定要拿來拌薑絲、醋、醬油、辣椒
下酒，那樣又吃到葷，又沒殺生」
我錯了
狗兒真是有情有義的天使
你送牠去閹
牠在醫院鐵籠裡見到你
麻醉藥還沒退
卻歡欣哭泣激動舔你
絕對的信任你

姊弟倆重逢
互相擁吻（沒啦，是互蹭互聞，並舔舔安慰）的感人畫面

連鐵石心腸的我看了
都哽咽的說
「好嘛這也是為你們好
 以後姊弟倆放心亂倫都不怕啦」
馬上遭到放暑假的兒子們之圍剿
「爸鼻！
你真的很變態！」

唉其實我是一感動就想遮掩的男子漢啊
譬如昨天和他們一起看了《我家買了動物園》
應該是闔家觀賞呆片
結尾我卻哭了（那時他死去的妻子出現在當初他第一次
向她搭訕的咖啡屋櫥窗座位）
我怕被孩子們笑
就臭著臉到書房抽菸啦

強顏歡笑的狗

小狗是很神祕的
前兩天下台中
夜宿老哥兒們戰傑克家
喝啤酒聊天
不亦快哉
這可愛的一家人就是差點收留雷寶呆
後因我家母子哭泣
終於雷寶呆還是台北公寓的雷寶呆
沒變成台中透天厝的「Ready」（雷弟）
（他們原先幫雷寶呆改取的新名字）
為何叫Ready呢？
因為他們家原本就有一隻狗，叫Woody
Woody and Ready
話說烏弟是一隻六歲的純黑公狗
處女座的
眼神說不出的憂鬱
狗品非常優
話說Woody有一雙非常大的前腳掌
大到很像大腳哈利嗎（？）像穿了一雙大皮鞋
我回家跟兒子們說「戰北杯家的Woody有一雙鴨子蹼前
腳」
真的，不誇張
感覺夏天天熱這淡定的狗，坐那兒拿蒲扇換手搧搧涼

仔細看是牠兩前爪
戰氏一家七嘴八舌跟我解釋
Woody的巨大腳掌是這樣演化出來的
因爲他們家四層樓透天厝全是鋪瓷磚地板
而戰老哥有潔癖（魔羯座）
地板拖得像結冰湖面一般光滑
太光滑了
Woody狗狗跑上跑下，沒有抓地力
久而久之
便演化出鴨子蹼大腳丫啦

這Woody還有另一怪事
牠最黏他們家的小姊姊（一個小美女）
有一天
這位小姊姊抱著Woody和她爸媽閒聊
說起她多喜歡哈士奇這種狗（就是拉雪橇那種狗）
說哈士奇有多帥如何如何
因爲戰家一樓門外是綠園道
每天來來往往人類牽著遛各式各樣的狗兒經過
Woody一律老僧打坐，不爲所動
但從那天起
只要有哈士奇經過他家門口
Woody便視同仇讎隔紗門對之狂吠

強顏歡笑
的狗

嫉妒的力量使一隻處女座沉默的鴨子蹼狗狗
成了一隻痛恨全世界哈士奇的狗狗

昨晚睡前我跟小兒子討論這怪事兒
「首先
Woody聽得懂人類的話
但是
牠怎麼知道「哈士奇」就是指那種狗呢？
牠怎麼就會吠那種狗呢？」
真是奇哉怪哉
小兒子說
「所以你們每天雷寶呆雷寶呆的喊雷雷
你就知道牠雖然都吐著舌頭笑呵呵的
一直以來內心受到多大多深的傷害啊
牠真是隻強顏歡笑的狗啊」

寶甩炮

今天發生不可思議之事
下午和小兒子帶三隻狗兒
上頂樓放風
小兒子偷揣了一盒甩炮
就是那種小彈丸
往地上一摔，就啪一聲
小火光加一小蓬煙
他放了一顆
狗兒們愣了一下
又繼續在花盆間撒蹄歡跑
但因我們頂樓地面有塗一層防曬漆
可能不夠粗礪
他又甩了一顆
彈跳幾下沒爆
「啊是奧炮」
說時遲那時快
雷寶呆像黑色閃電
竄過來叼起那顆甩炮
轉身就跑
「不！快追！」
小兒子立刻飛撲追擊
（我因腳底筋膜炎，只能一旁喊燒）
但那隻呆狗以為主人和牠玩捉迷藏

在冬日枯藤荒枒的花盆間
像獵豹那樣快跑穿梭
「不會吧？等會在牠嘴裡……」
說時遲那時快
我們同時聽到啪差一聲
那甩炮真的在狗嘴裡爆了
那時像電影停格
我、小兒子、端端、五妹妹
一起看著那似乎也被嚇一跳的呆雷寶黑狗
只見牠張開大嘴
冒出一團白煙

然後牠繼續呵呵傻笑著

對不起讓讓，我們不是在看大藝術家

我們一家在客廳看感人的《心靈鑰匙》
沙發和電視之間的觀影空間
卻不斷出現
黑狗雷雷要強姦黃狗端端的場面
黃狗端端憤而不從，咧嘴露齒要咬牠
兩人，不，兩狗像摔角或相撲
在我們眼前
從右到左，然後從左到右
亂七八糟的失敗A片場面
但螢幕上是那高智商自閉男孩
美麗的大眼
盯著九一一死亡的父親
死前那幾分鐘
在崩塌前的大樓裡留言
回放聲音的答錄機
那像水滴墜落之瞬特寫
要抓住死區那端亡父的遺愛
我們的頭不自覺一下往左伸、一下往右伸
總之想把那擋在感人畫面前
阿雜的小狗交配肢體動作
當不存在，越過去
集中注意力在那悲傷感人的情緒裡
但那一黑一黃搏鬥，又發出咆哮聲

時而熊立，時如袋鼠彈跳
馬的實在太搶戲了
真的像戲院放愛情催淚片
前舞台卻讓兩個武行在那翻滾，套招接拳砍刀
眼皮下就是有晃影在那干擾

「喂！你們兩隻！」大兒子終於發難了
「對啊！人家在看感人的電影，這兩個在幹嘛啦？」妻
也終於崩潰了
「好可愛喔」廢材小兒子當然就沒人在意他無公信力的
評語
「奇怪了這ㄌㄟˇㄌㄟˊ不是才剛結紮
為何還這麼色這麼來勁？」
但是小公寓沒辦法啊
天那麼熱
大家擠在客廳吹冷氣
很像人族家庭你們要心靈洗滌
狗族房客我們也要玩耍一下嘛
我想這對孩子們生活在這個島上
也要學習的一種
觀看位置的學習
完全反差的情感，在我們的位置看過去
它重疊並置啊
一種感覺的抽離，精密的切割畫面，分配你不同的投射
情感
譬如葬禮上的鋼管秀
播放柏格曼的光點電影

穿過樹影如夢的窄巷
走出來一小段路就是老舊時光媽媽桑濃妝陪酒的日本居
酒屋

我說「唉，地方小，大家湊合一下？」

狗大哥

今天走在溫州街
一位美少女迎面掩嘴笑
似乎非常驚喜
「你就是那個……」
我露出靦腆表情
（是的，我就是那個寫小說的……）
不料，她下半句是
「……那個超愛說笑話的，狗大哥嗎？」

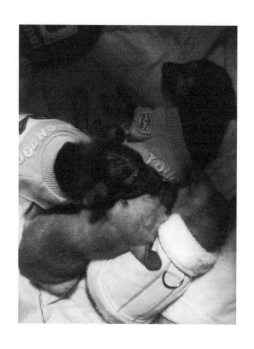

孤獨武者的悲涼

今天
小兒子突然問我
「爸鼻
如果現在，我們的端端加雷雷
跟阿默對決
有贏面嗎？」
我頭都不抬說
「贏面，零吧，秒殺？」
「牠們連手耶?!」
「秒殺」

眾所皆知
阿默是戴立忍養在海邊那隻黑色如獵豹之神犬
有一陣我看圖猜想
牠常如截拳道師傅孤獨在海灘練跑
牠曾是台東鹿野鄉最知名之狗
所有鹿野鄉的狗（或人？）都被牠咬過一輪

有點像你是武學高手到佛山
要找人踢館
定會挑葉問師父的武館
阿默住深坑時期
每天在公路邊追擊駛過的卡車、轎車、送瓦斯摩托車

就是說牠練武的境界已不放在狗同類上了
到了機械公敵威爾史密斯的格鬥魂

小兒子不死心
「那如果加上宙斯和牡丹呢？用陣法？」

唉小輩不知江湖水深
我放下手中專注玩的憤怒鳥星際版
像和兒子討論李小龍
「秒殺，還是秒殺，你們上次去大寶叔叔海邊
沒看到阿默瞬間秒殺一隻從人家農地衝出突襲的獒犬
嗎？」

「可是現在宙斯、雷雷都很大隻啦」

「你搞不清楚狀況
我們這幾隻是米克斯，阿默人家可是純種台灣土黑狗
他那種是海巡署養來專業格鬥警犬的戰魂耶」

「那如果加上五妹呢
那個屆哥哥不是超會太極拳？
說不定他會傳授五妹太極拳法
牠們五隻一起上
阿默一定想不到其中一個女孩會運勁打出太極掌？」
我不想跟他繼續這弱智的遐想
他繼續加碼「阿波呢？空中還飛下阿波，這有一點勝算
吧？」

其實我突然感慨
這或就是孤獨武者悲傷的宿命吧
或許黑狗阿默此刻正孤獨自在在海邊礁岩和浪擊間體會
宇宙的道理
牠可能不知道遙遠某個屋內
一個男孩想像著自己的一大群剛脫掉尿布，年輕一輩狗
圍攻牠的畫面吧

好日子

我們一家去一家麵店晚餐
小兒子說要去附近的永業文具行
買學校要用的膠帶
他去了許久
我、他母親、他大哥
我們菜都快吃一半了
他還沒回來
妻便要我去「找人」
我一進文具店
這小子果然坐在一台彈彈珠遊戲台
專注看著那玻璃箱裡的球蹦跳著
五個球都在同一格
如此最高分
可得一顆銀球
以此類減
我說
「他馬的我們全在等你
我就知道
駱家祖訓不是說後代子孫不准賭博」
他頭都不回
「你還不是常買樂透？
怎麼面對駱家祖先啊？」

我巴了他後腦勺一下
「快點！等一下是媽咪發飆
你就死定了」
結果他竟得到了一顆銀球
「賭神！」我崇拜的說
我們拿那銀球去跟老闆換贈品
是一枚像手肘那麼長的「火箭彈」
別緊張
那是一種爛塑膠玩具
前方一枚海綿製的黃色彈頭
後面的唧筒一推
啾嘰就把它很沒力發射出去
「嗟，什麼低智商玩具？」他大哥很不屑的說

這時
突然蔡琴出現了
我們因為二十年前還是捻氫忍的時候
被朱天心邀去參加一聚餐
座中有這位歌后
她們好像是好朋友
蔡琴完全沒有明星的樣子
但我非常焦慮
怕就拿著那火箭筒在她側腰邊研究的小兒子

等會對天啊！蔡琴小姐發射一彈

這樣會不會上報啊？

這時我說

「請簽名！」

蔡琴露出非常隨和，願意簽的樣子

但桌上只是狼藉的碗盤

沒有紙

我轉頭一看

「就簽在這個海綿砲彈上好了」

一把搶過來

蔡琴也非常開心

拿店家借的筆

在上頭簽了名

然後跟著助理或她的朋友走了

我還處在見到明星的緊張

（老闆娘也是，也跑來哈啦「啊還是很年輕耶」）

小兒子突然哭了

「人家好不容易打到銀彈

換的火箭筒

你把它拿去給那阿姨亂畫～」

我痛斥他

「不識貨的蠢材！你知道這個阿姨前幾年在中國大陸有

多紅嗎？

整個上海計程車都在播她的歌

我們年輕時全在唱她的歌

你將來一定敗家

有一天沒錢了
找到這枚砲彈
拿去網拍
眼淚流下來
這是你爸爸當年幫你保命的祕密財富啊」

這讓現實的小屁孩立刻很關心
「真的嗎？可以賣多少錢？」
「嗯」我捻鬍子
「少不得幾萬塊吧～」
大兒子問
「爸鼻，那她唱過甚麼歌？」
我在街邊懷念的唱起來
「某年某月滴某一天……」
兩呆兒皆曰沒聽過

「最後一夜……」

搖頭

「請為我唱一首出塞曲，用那遺忘了的古老言語……」

茫然

「傷心的小站，叫人傷心的小站……」

呆滯

「全部不知道？你們現在國中生小學生都聽哪些王八蛋的歌啊？」

小兒子說「有一個〈紅蜻蜓〉……」

我說「沒錯，這她唱的！」

「〈河馬不穿內褲〉？」

「也是她唱的！」（我太好強了）

小兒子這才露出非常尊敬的神情

很珍惜的把海綿砲彈央求他母親收好，保管

回家之後

眾狗歡欣撲跳他

（不知為何？最近這些狗兒很效忠他）

妻把海綿砲彈還他

我聽到他訓斥雷寶呆

「寶兒！不可以咬

這不是一般的海綿玩具

上面有珍貴的芹荣，不，蔡琴的簽名

等小主人將來賣個好價錢

可以買一萬個海綿砲彈讓你咬個爽！

或是買超多狗零食

那可是好日子就來啦」

爭寵

小兒子說
「呼，還好我不是古代的皇上
光現在每天放學回家
雷寶呆、端端、加上牡丹丹
三隻狗狗爭寵，好多舌頭舔我的臉
要疼完這隻趕快疼那隻
然後疼這隻時，那隻來把牠擠開
要勸這隻不要咬那隻
要告訴每一隻，小主人最疼你了
然後我這麼說時
每一隻都一臉不相信的表情
就好辛苦喔」

文 學 叢 書　385

INK
PUBLISHING

小兒子

作　　者	駱以軍
總 編 輯	初安民
責任編輯	蔡俊傑　施淑清
美術編輯	林麗華　黃昶憲
校　　對	施淑清　蔡俊傑　駱以軍

發 行 人	張書銘
出　　版	**INK** 印刻文學生活雜誌出版股份有限公司
	新北市中和區建一路249號8樓
	電話：02-22281626
	傳真：02-22281598
	e-mail : ink.book@msa.hinet.net
網　　址	舒讀網http：//www.sudu.cc

法律顧問	巨鼎博達法律事務所
	施竣中律師
總 代 理	成陽出版股份有限公司
	電話：03-3589000（代表號）
	傳真：03-3556521
郵政劃撥	19785090 印刻文學生活雜誌出版股份有限公司
印　　刷	海王印刷事業股份有限公司

港澳總經銷	泛華發行代理有限公司
地　　址	香港新界將軍澳工業邨駿昌街7號2樓
電　　話	(852) 2798 2220
傳　　真	(852) 3181 3973
網　　址	www.gccd.com.hk

出版日期	2014年1月　　初版
	2019年5月5日　初版十三刷
ISBN	978-986-5823-61-0

定　價　360元

Copyright © 2014 by Lou, Yi-chun
Published by **INK** Literary Monthly Publishing Co., Ltd.
All Rights Reserved
Printed in Taiwan

國家圖書館出版品預行編目資料

小兒子／駱以軍 著；
--初版.--新北市中和區：INK印刻文學,
2014.1　面；　公分.（文學叢書；385）
ISBN　978-986-5823-61-0（平裝）
855　　　　　　　　　102026440